EIDERSTEDTER MOSAIK

Textfabrique51 (Hg.)

EIDERSTEDTER MOSAIK

Miniaturen in Prosa
aus der
Textwerkstatt Eiderstedt

elbaol verlag hamburg

Impressum

© 2024 bei den Autorinnen und Autoren
Alle Rechte vorbehalten

Rechte für diese Ausgabe:
elbaol verlag hamburg
ellen balsewitsch-oldach
Jungfernstieg 10, 2504 Meldorf
www.elbaol-verlag-hamburg.de

Covermotiv:
© Ellen Balsewitsch-Oldach

Publikation, Herstellung, Druck und Distribution:
tredition GmbH, Heinz-Beusen-Stieg 5
22926 Ahrensburg
im Auftrag des Verlags und der Autor*innen (zu
erreichen über den Verlag)
ISBN 978-3-384-35084-8
EUR 10,00

Inhalt

Autorinnen und Autoren in alphabetischer Reihenfolge

Vorwort

Die Textwerkstatt Eiderstedt freut sich, mit Beiträgen ihrer Mitglieder aus den letzten Jahren der literarischen Zusammenarbeit hier ihre erste Veröffentlichung vorstellen zu können, herausgegeben vom Literatur- und Kulturnetzwerk Textfabrique51.
Aber wer oder was sind eigentlich die Textwerkstatt Eiderstedt und die Textfabrique51? Zunächst einmal sind beide Mitglieder bzw. Kooperationspartner des Fördervereins für Kunst und Kultur Eiderstedt (FKE).
Den FKE in seiner heutigen Form gibt es seit 1989. Seine Sparten befassen sich derzeit hauptsächlich mit Bildender Kunst (KunstKlima), Literatur (Literatur) und Jugendarbeit (Kinderwerkstatt-Atelier KiWA).
Die Historie der Sparte Literatur reicht allerdings weiter zurück als die Gründung des FKE: Schon zuvor hatten sich Interessierte zu Literatur-Lesekreisen zusammengefunden, die sich unter dem Dach des Heimatbundes Landschaft Eiderstedt trafen, Werke verschiedener Schriftstellerinnen und Schriftsteller lasen und darüber diskutierten. Später wurden diese Literatur-Lesekreise Teil der FKE-Sparte Literatur.
Bei einigen der Teilnehmenden wurde der Wunsch wach, selbst zu schreiben, und das nicht allein im bewussten „stillen Kämmerlein“. Unter Moderation der damaligen Spartensprecherin, Ingeborg Herms, wurde die Schreibgruppe „Die Wortgetreuen“ ins Leben gerufen. Da die versierte Literaturkennerin sich selbst al-

lerdings nicht als Schriftstellerin verstand und inzwischen mit Dirk-Uwe Becker und Ellen Balsewitsch-Oldach zwei Autoren – außerdem seit Jahren Betreiber der Textfabrique51 – in den Verein eingetreten waren, gab Ingeborg Herms die Verantwortung für die literarischen Aktivitäten des FKE erleichtert in deren Hände – und nach einer gewissen Übergangszeit fanden sich die Schreibinteressierten unter Moderation der Textfabrique51 und dem Namen „Textwerkstatt Eiderstedt" wieder zusammen. Seit 2019 treffen sie sich einmal monatlich, persönlich oder online, um gemeinsam an ihren Texten zu arbeiten, die sie zu einem zuvor vereinbarten Motto verfasst haben.

Eine Auswahl von Prosa-Miniaturen zu den unterschiedlichsten dieser Themen – es finden sich unter anderem Beiträge zu „Satansbraten", „Marode", „Umzug", „Würde", „Gespräch mit dem Kleiderschrank", „Motorsäge", „Alle auf einmal", „Künstlerpech", „Tier(e) im Haus" ... – liegt hier jetzt vor. Das Literatur- und Kulturnetzwerk Textfabrique51 – mit einiger Erfahrung als Herausgeber von Anthologien – bringt mit Freude nun auch diese Sammlung unterhaltsamer, nachdenklicher, humorvoller und lebendiger Texte heraus.

Ellen Balsewitsch-Oldach
Dirk-Uwe Becker

www.textfabrique.51.de
www.fke-eiderstedt.de

Ellen Balsewitsch-Oldach

Scharfe Küche

Aber gern, Herr Dr. Degenhardt … Offenbar hat sich nichts geändert in den letzten drei Jahren. Obwohl die Kantine für Führungskräfte des Konzerns extra hochwertig kocht, kommen die Herrschaften oft in diesen Imbiss. War ja auch schon immer ein Treffpunkt, um Geschäfte auszuhandeln, bei denen man schnell mit einem Bein im Knast steht – wenn man nicht gerade einen passenden Sündenbock findet … Ja, Herr Doktor, schauen Sie mich ruhig gründlich an, ich glaube nicht, dass Sie mich wiedererkennen! Drei Jahre Knast können dem Aussehen schon gewaltig zusetzen. Und dann auch noch mein Vollbart. Luis Cyril Ferdinand de Ville sieht nicht mehr so aus wie damals, als Sie und Ihre feinen Kumpane ihm diese windige Hedge-Fonds-Sache in die Schuhe geschoben haben und er für Ihre kriminellen Machenschaften wegen Betrugs in besonders schwerem Fall für drei Jahre ins Gefängnis musste. Indizienprozess. Ja, Ihre Spuren haben Sie gut verwischt, aus der Nummer kam ich einfach nicht raus. *Noch etwas mehr Fleischsauce? Aber gern, Herr Dr. Degenhardt!* Wundern Sie sich ruhig, woher ich Ihren Namen kenne – das gehört natürlich mit zum besonderen Service meines Hauses!

Als ich wieder frei war, war ich nur noch ein Ex-Knasti mit Vorstrafe und am Existenzminimum, aber ich hatte auch Glück – im Knast hatte ich Kochen gelernt. Ich durfte mich wegen guter Führung sogar fortbilden, weil ich besonderes Interesse dafür zeigte. Ist auch ein tolles Fachgebiet, das Kochen. Besonders scharfe Gerichte hatten – und haben – es mir angetan. Ihnen offenbar auch … *Schmeckt Ihnen denn das Chili, Herr Dr. Degenhardt? Danke sehr, das freut mich!* Tja, und mein Bewährungshelfer war so überzeugt von mir und meiner Kochkunst, dass er mir geholfen hat, diesen Imbiss hier zu bekommen. Was für ein glücklicher Zufall – für mich jedenfalls –, dass der damalige Betreiber gerade aufgeben musste. *Danke der Nachfrage, Herr Dr. Degenhardt, doch, das Geschäft läuft gut, ich bin zufrieden!* Eigentlich ist dir das doch völlig Wurscht, du arroganter Egozentriker! Aber irgendetwas an mir irritiert dich, nicht wahr? *Ja, dann danke ich für Ihren Besuch, Herr Dr. Degenhardt, und kommen Sie bitte recht bald wieder!* Das hoffe ich nämlich wirklich sehr – und wenn dann auch noch Ihre Kumpels mit dabei wären … *Entschuldigung bitte, was sagten Sie gerade, Herr Dr. Degenhardt? Wann es wieder mein Spezialgericht gibt? Sie möchten gern Ihre werten Herren Kollegen mitbringen? Das ist mir doch eine Ehre und eine Freude! Wann möchten die Herren denn kommen? Übermorgen? Perfekt! Dann auf alle Fälle dreimal Satan's Braten! Sehr, sehr gern, Herr D. Degenhardt!*

Einen schönen Tag noch – und bis dann!

Oh ja, mein Spezialgericht für diesen besonderen Fall habe ich lange und sorgfältig geübt. Es hat ein bisschen gedauert, bis ich die Zutaten in der optimalen Qualität zusammenhatte, aber über meine neuen Kontakte aus dem Knast war das dann doch gar nicht so dramatisch.

Sie und Ihre Herren Kollegen werden jedenfalls nichts schmecken, Herr Dr. Degenhardt – und auch später wird nichts Auffälliges an dieser Henkersmahlzeit festzustellen sein. Ein Meisterwerk aus

Lu. Cy. Fer. Devil's Hot Kitchen.

Ein neuer Tag

Abrupt wacht sie auf – unausgeruht, zermürbt und viel zu früh. Sie weiß schon jetzt, dass sie nicht wieder einschlafen und grübelnd wachliegen wird, bis ihr Handy das Signal zum Aufstehen gibt. So viel würde sie heute wieder zu erledigen haben, wie üblich viel zu viel, um es zu schaffen: die Wäsche, die Steuererklärung, das zähe berufliche Projekt, das nicht von der Stelle …

Das Kind betrachtet die vertraute Umgebung des Wohnzimmers, die es vom Stubenwagen aus sehen kann. Das Klappern der Schreibmaschine am Wohnzimmertisch ist ein vertrautes Geräusch: Die Mutter tippt. Das Kind spürt seine Verbundenheit zu dieser Person. Aber etwas stört: Die Mutter ist mit ihren Gedanken und Gefühlen nicht bei dem Kind. Es fühlt sich plötzlich allein gelassen und stößt ein paar fragende Laute aus. Keine Antwort. Das Klappern der Maschine geht unausgesetzt weiter. Die Töne des Kindes werden fordernder. Unwilliges Seufzen kommt zurück. Jetzt mischt sich erste Angst in die Stimme des Kindes. Aber es hört, wie die Mutter aufsteht und zum Kinderwagen kommt. Augenblicklich ist das Kind ruhig. Es spürt die körperliche Nähe, als die Mutter es hochhebt und in die Arme nimmt. Für manches andere Kind hätte das gereicht. Aber dieses Kind fühlt intuitiv,

dass Seele, Herz und Geist der Mutter nicht bei ihm sind. Das Kind protestiert. Lautstark. „Was ist denn bloß los mit dir? Du bist gefüttert, frisch gewindelt – und immer noch trocken … also sei doch still … schschscht …" Den Worten der Mutter entnimmt das Kind nur den abweisenden Tonfall. In ihren Armen keine Beruhigung, keine Bestätigung? Das Kind weint, es schluchzt, lauter und lauter. „Jetzt reicht's!" Die Mutter legt das Kind in den Wagen zurück und fährt ihn ins Schlafzimmer hinüber.
Als sie weder am Wohnzimmertisch sitzt, sind Wohn- und Schlafzimmertür geschlossen. Das Kind weint und schreit, schreit und weint – die überwältigende Einsamkeit macht ihm Angst, eine Angst, so übermächtig, wie es sie noch nie verspürt hat. Angst macht wütend und Wut kostet Kraft. Nach und nach geht das Schreien des Kindes in verzweifeltes Wimmern über, das immer leiser wird, bis das Kind vor Erschöpfung schläft.

Einige Tage später tippt die Mutter in einen neuen Brief an ihre Schwester: „ … schließlich habe ich den alten Rat befolgt und den Kinderwagen immer sofort ins andere Zimmer gestellt, so lange, bis das Kind ruhig war. Nur ein paar Tage und ich hatte wieder das liebste Töchterchen …"
Das Kind liegt in seinem Stubenwagen und betrachtet ohne einen Laut die Umgebung des Wohnzim-

mers, die es von dort aus sehen kann. Das Klappern der Schreibmaschine am Wohnzimmertisch nimmt es nicht mehr wahr. Seine Welt ist eine andere geworden.

Der Weckton des Handys reißt sie aus einem leichten, unruhigen Schlummer. Sie fühlt sich wie zerschlagen. Ist sie also doch noch einmal eingeschlafen – hat sie geträumt? Sie weiß es nicht. Selbst wenn, sie kann sich an den Traum nicht erinnern. Sie weiß nur eins: Auch heute gilt es wieder – erschöpft und müde – einen anstrengenden Tag zu überstehen, einen neuen Tag, an dem es keine Antwort darauf geben würde, warum es ihr „doch so gut geht" und sie sich dabei so schrecklich fühlt.

Zug um Zug

Der Kulturschock war perfekt – aus der Großstadt in das 600-Seelen-Dorf am Nordrand der Lüneburger Heide … Johanna hatte kaum den Inhalt des letzten Umzugskartons im Haus ihres frischgebackenen Ehemanns untergebracht, da wurde sie auch schon in das gesellschaftliche Leben und Treiben der Dorfgemeinschaft getaucht, an dem ihr Mann stets regen Anteil nahm.

Ehe sie sich versah, war sie Mitglied im Schützenverein, besaß eine Uniformjacke und war darüber informiert, was sie zu offiziellen Anlässen dazu zu tragen hatte. Die erste Gelegenheit: das jährliche Schützenfest. „Offiziell eröffnet wird es mit dem Umzug der Schützen durchs Dorf, da müssen wir mit. Du marschierst mit den Schützendamen", erklärte Harry ihr kategorisch.

In Schützenjacke, weißer Bluse und schwarzer Hose mit Bügelfalte (zum Glück hatte man ihr Rock und Strumpfhose erlassen – und Hüte mit Eichenlaub waren den Damen ohnehin untersagt) stand Johanna schließlich in tadelloser Haltung neben einer der Schützenschwestern. Harry drüben in der Männerriege. Auf das Signal des Spielmannszuges hin setzte sich die gesamte Kolonne aus grauen Jacken mit grünen Aufschlägen in Bewegung und zog in lockerem Gleichschritt, begleitet von Pfeifen, Quietschen, Trommeln und Rasseln, ihre Runde durch die Straßen des kleinen Ortes. Ziel: das Festzelt auf dem Platz vor dem Schützenhaus. Johanna hatte eigentlich erwartet, dass am Straßenrand wenigstens ein paar Menschen dem Aufmarsch zusahen und winkten, aber das Dorf war wie ausgestorben.

Nach der Ansprache des Präsidenten und der Kranzniederlegung am obligatorischen Ehrenmal erreichte der Schützenumzug den Festplatz und defilierte dort das erste Mal an lebenden Wesen vorbei. Johannas Schützenschwestern waren im Nu irgendwo zwischen diesen Leuten verschwunden. Sie schaute sich ratlos nach Harry um. Er löste sich etwas unwillig aus dem – nun rein männlichen – Zug der Schützen auf dem Weg zum Tresen im Festzelt und kam zu ihr herüber. „Setz dich einfach irgendwo an einen Tisch", wies Harry vage ins Zelt und beeilte sich, den Anschluss an seine Kameraden wiederzufinden. Artig nahm Johanna am Ende einer der Holzbänke Platz. Um sie herum geschäftiges Treiben, Begrüßungen, Gespräche und Gelächter. Bis die Erbsensuppe serviert wurde, dachte wohl niemand daran, sich zu setzen. Allein auf ihrer Bank, fragte sie sich, wie sie nun wohl an etwas zu trinken kommen könnte. Der lange Marsch hatte sie durstig gemacht und etwas „Weichzeichner" konnte angesichts der Situation aus ihrer Sicht auch nicht schaden. Harry jedenfalls stand weit weg am

Tresen und kippte mit wichtiger Miene den einen oder anderen doppelten Korn mit seinen Schützenbrüdern. Mit einem deutlichen Knall landete da ein Glas Bier vor ihr auf der Tischplatte. „Na, dann Prost", vernahm sie die Stimme des Mannes, der gerade die Beine über die Bank schwang, sich neben sie setzte und ihr sein eigenes Glas zum Anstoßen entgegenhielt. Doch, ihren neuen Banknachbarn hatte sie bei einer anderen Gelegenheit schon einmal gesehen, auch ein paar Worte mit ihm gewechselt … Manfred, so hieß er wohl. Jetzt schaute er sie unverwandt an, als ob er auf etwas wartete. „Ach ja, zum Wohle", versetzte Johanna, ließ ihr Glas an seines klacken und trank. Das kühle Bier tat gut. „Sag mal", Johanna fühlte sich bemüßigt, etwas zu sagen, denn Manfred sah ihr immer noch erwartungsvoll ins Gesicht, „ich bin ja das erste Mal bei dem Schützenumzug dabei gewesen. Interessiert der die Bewohner eigentlich gar nicht oder warum steht niemand am Straßenrand und winkt oder so?" Manfred lachte und beschrieb mit dem Arm einen Kreis, der die ganze Szene im Festzelt umfasste. Auch Johanna musste nun lachen, denn ihre Frage beantwortete sich sozusagen gerade von selbst. „Das Dorf hat ungefähr 600 Einwohner", begann Manfred übertrieben dozierend, „und wenn man diejenigen abzieht, die zu alt oder zu krank sind …" „ … und diejenigen, die zu klein oder zu jung sind", nahm Johanna den Faden auf. „ … und die armen Männer, die ja leider das Festzelt und die Getränke betreuen müssen", grinste Manfred. „… und die Frauen, die Kuchen backen und sich um Küche und Keller zu kümmern haben …", bedauerte Johanna kichernd ihre Geschlechtsgenossinnen. „… und diejenigen, die einem anderen Kostüm stecken und als Freiwillige ‚Feierwehr‘ den Umzug absichern …" „Ja", wischte sich Johanna die Lachtränen aus dem Gesicht, „dann bleibt halt zum Jubeln keiner mehr übrig!" „Sehr richtig", lobte Manfred gespielt lehrerhaft. In diesem Moment schwankte Harry mit einem Bier in der Hand auf den Tisch zu und ließ sich schwerfällig auf der anderen Seite neben Johanna auf die Bank plumpsen. „Hallo, Manfred!", winkte er hinüber. Manfred nickte grüßend und murmelte Johanna im Aufstehen zu: „Wir sehen uns auf dem Königsball!" Es war, so fand Johanna, nicht ganz unlogisch, dass das ein wenig beunruhigend klang: Während des kurzen Gesprächs hatten sie sich den Bruchteil einer Sekunde lang zu tief in die Augen gesehen.

Dirk-Uwe Becker

Ort ohne Wiederkehr

Er liebt diesen Ort. Die Bäume. Die akkuraten Rasenflächen und die Kieswege dazwischen. Den Teich, zu dem diese hinführen. Die vereinzelten Gebäude, aus verschiedenen Epochen, getrennt durch ihre Besitzer, schmuckvoll oder glanzlos, mit Stuck verziert oder Beton saniert. Die huschenden Eichhörnchen oder die warnenden Eichelhäher. Die Spatzen, die sich nichts aus all dem machten und wie Pingpong-Bälle auf einer Tischplatte hierhin und dorthin hopsten. Am faszinierendsten findet er aber die in Art von Hinkelsteinen aufgerichteten Zeugen eines vergangenen Lebens. Ihre in den Stein eingeritzten Zeichen, von Flechten überwuchert oder gänzlich verdeckt. Die Akkuratesse der Steinschnitzer und Bronzegießer. Das Funkeln ihrer Botschaft im Sonnenlicht, das die Augen blendet und für einen Moment, einen winzigen Augenaufschlag nur, ein Erinnern beim Betrachter hervorzurufen imstande ist.

Er setzt sich auf die brüchige Umrandung, einen Betonrahmen, wie für ein Bild, das in seiner Dreidimensionalität Ursprung und Ende darstellt, in Umarmung der liebevoll partiell gepflanzten Natur, die alles zu überdecken und dem Erinnern zu entreißen in der Lage ist, wenn niemand dagegen vorgeht. Er ist nicht gekommen, um zu entreißen. Er will erinnern. Aus der Manteltasche holt er sein in Pergamentpapier verpacktes Brot hervor. Zwei gebutterte Scheiben. Nach dem ersten Biss fällt ihm der hufeisenförmige Abdruck seiner Zähne auf. Wie bei einem Wiesel. Schmal und enger Kurvenradius. Ein Raubtiergebiss sähe anders aus. Das Gesicht dazu aber auch. Sein Gesicht gefällt ihm. Nach dem zweiten Bissen ist der Abdruck breiter geworden. Sein Gesicht hat sich nicht verändert. Nur der Himmel, über den jetzt Wolken ziehen und die halbherzig scheinende Sonne einwickeln. Grau ist die Welt, denkt er, wenn die Sonne nicht scheint. Scheinbar grau. Grisaille nennen es die Künstler, wenn sie nur mit Graufarben ihre Werke erstellen. Irgendjemand hat ihm mal erzählt, dass die Japaner über hundert verschiedene Schwarz- und Grauabstufungen benennen können. Ich kann noch nicht einmal alle Grund- und Mischfarben aufzählen, schießt es ihm durch den Kopf. Der Knall verhallt ungehört. Eine Amsel nähert sich auf wenige Schritte und versucht, nach Brotkrumen zu picken. Auch für dein so schmuck glänzendes Kleid hätten die Japaner sicher einen treffenden Namen parat, murmelt er halblaut, doch die Amsel fliegt schon dem Wolkennest entgegen und …

… sein Auge bleibt an einem der Steine hängen, in den ein ganzes Leben eingeschlagen wurde. Zwei

Daten wie Ankerpunkte, zwischen denen sich Webspindel drehen. Mal schnell. Mal langsam. Links herum. Rechts herum. Egal ob die Spindel steigt oder fällt, der Bewegungsraum ist endlich und das zarte Gespinst, das dabei entsteht, vergeht am Ende des Tages, verweht mit den Vögeln und den Wolken. Bleibt als Nachbild vielleicht noch in der Zeit gefangen, ehe auch diese weiterzieht und es mit sich mitnimmt. Was wirklich bleibt, etwas länger, sind diese Steine mit ihren Zeichen, die für jene, die nicht an ihnen mitgewirkt, sie gehoben oder eingesetzt, Zeichen in sie hinein getrieben oder Flechten daraus gerieben haben, ohne Bedeutung sind. Eine Glocke schlägt. Ihr Klang bringt kurz, ganz kurz nur, das Himmelszelt zum Zittern. Vögel fallen und Wolken reißen auf. Leichter Regen setzt ein und trommelt irgendwo auf einem Blechdach herum. Erinnerungen werden in ihm wach. Wie hatte man sie genannt? Regenmacher! Aus Südamerika. Weit, weit weg und doch – jetzt so nah. Aus abgestorbenen, verholzten Kakteen hergestellt, bei denen die Dornen in das Innere des Stammes getrieben, dieser mit kleinen Kieseln gefüllt und die Enden anschließend verschlossen werden. Wenn die kleinen Steine von einem Stachel zum nächsten fallen, entsteht ein angenehm gleichmäßiges Geräusch, das an fließendes Wasser oder an das Rauschen dicker Regentropfen denken lässt. Ein beruhigendes Gefühl. Das Bild verblasst und er bemerkt, dass der Nieselregen aufgehört hat. Die Vögel in den dornigen Hecken beginnen wieder zu singen.

Mühsam erhebt er sich von der Umrandung, steckt die Stulle in seine Manteltasche zurück und greift nach der Harke. Ein Stück Weges noch, dann wäre die Arbeit für heute erledigt und er würde diesen Ort so verlassen, wie er ihn vorgefunden hat – gepflegt und in andächtiger Ruhe, unterbrochen nur von dem Wispern und Raunen der Steine, wenn sie von Stachel zu Stachel springen. Morgen wäre er zur rechten Zeit wieder an diesem Ort. Morgen – ach ja! – morgen …

... berauschtes Gong[1]

... dum-dada-dum ... dum-dada-dum ... Wie eine tönende Marschkolonne zieht dieser Rhythmus durch die blattschläfrige Dunkelheit des Mischwaldes. Die Eule auf ihrem Horchposten öffnet ein Auge. Schneller Rundum-Blick. Keine Gefahr. Sie kennt das Geräusch und fällt wieder in Wachschlaf. Die Ameisen am Boden tanzen die Tarantella, als die vibrierende Tonfolge ihre Füße erreicht. Der Regenwurm ignorierte indessen alles. Er besitzt kein Gehör. Von den Farnspitzen tropft Regenwasser auf den Nadelteppich. Geräuschlos.

Ich höre die dumpfe Trommel, wie ihre Töne auf die Holzdecke schlagen, über mir. Ich höre das silbern klingende Gong des tropfenden Himmels, wie es um Einlass bittet, in dieser stillen Nacht. Den Regenwurm höre ich, wie er um mein Gehäuse kriecht und dem Wasserspiel zu entrinnen versucht. Die Ameisen höre ich, leise an den Bohlen kratzen, mit ihren zierlichen Füßen in groben Landserstiefeln. Der Farn ist mein Liebling. Er blättert sich weit auf und grünt in den blauen Himmel, als ob es nie dunkle, drohende Wolken gäbe. Seine Wedel stehen grün verwirrt im Kreis und beratschlagen über Wind und Wetter, Sonnenschein und Regen, bieten

1 *Klabund (Alfred Henschke): Dumpfe Trommel, berauschtes Gong. Nachdichtungen chinesischer Kriegslyrik*

jedem Unterschlupf, der sich hierher verirrt. Die Einsamkeit ist eine Pflanze, die im Dunkeln wächst. Geräuschlos.

Gelbe Scheinwerferaugen schneiden Silhouetten aus der Nacht. Die Schnurrbärtigen sind unterwegs. Geräuschlos.

Ich erinnere mich an Tage, die anders waren. Heller. Wärmer. Lärmender. Tage, an denen ich mich frei bewegen konnte. An denen ich mir vor den anflutenden Eindrücken die Ohren zuhielt und die Augen hinter meinen Händen verbarg. Tage, an denen pulsierendes Leben, volle Straßen, Gerüche nach Schweiß tünchender Eau de Toilette und bunt wogendes Gedränge den Beziehungshorizont und die Laufebenen begrenzten. An denen künstliche Geräusche aus unterschiedlichsten Quellen das Meeresrauschen, den Gesang der Vögel und das Windspiel ziehender Wolkenschiffe auslöschten. An das alles erinnere ich mich und spüre die Zweifel durch die modrigen Bodensparren sickern, ob ich das alles wirklich vermisse. Meine Gedanken schwirren durch den Raum, brechen sich am Holz, stürzen ab ins Dunkle. Geräuschlos.

Die Ameisenreihen haben sich wieder formiert. Unbeirrt setzen sie ihren Weg fort. Steigen über Nadeltreppen und schwimmen durch Rinnsalmeere. Eine für alle. Alle für eine. Sie steigen übereinander und bilden Hängebrücken aus gekletteten Leibern, sollte der Weg es erfordern. Wenn das berauschte Gong der Trommel sie erreicht, bleiben sie stehen. Eine kurze Zeit. Neuorientierung. Tarantellatanz. Es gibt immer eine, die zuerst den Sprung aus dem Tanzkreis wagt. Ihr folgen dann die anderen nach. Geräuschlos.

Ich will meine Gedanken nicht unnütz durch die Gegend werfen und sie verschwenden. Je länger ich in dieser dystopischen Lage verharre, desto weniger sind meine Gedanken geeignet, dem Augenblick einen positiven Aspekt abzugewinnen. Ich zähle die Zeit zwischen den Trommelschlägen und dem Eintreffen der Vibrationen. Wie meine Mutter es mich früher bei Blitz und Donner gelehrt hatte. Ob es nützt? Mir? Es schadet jedenfalls nicht und nimmt die Langeweile mit sich. Ich bin nicht allein! Das weiß ich jetzt. Zwischen den Trommelschlägen höre ich manchmal ein Kratzen und Schaben, ein dumpfes Klopfen. Ich bin nicht mehr allein! Es scheint, als ob wir viele wären, die hier unter den Rispen der Farne in hölzerner Dunkelheit ihren Gedanken nachhängen, die sie an brettermorsche Wände geworfen haben. Die Trommel kommt näher. Sie ruft. Jeder Schlag ein Schrei. Erwachet! Sie ruft uns, die wir hier liegen und warten. Ein Heer von Gedankenwerfern in dunklen Resonanzräumen. Der Schlag der Trommel ändert sich. Wird überlagert von einem anderen Rhythmus. Dum-di-di-da … dum-didi-da. Wir sind es. Unsere Gebeine sind es, die schlagen. Gegen Einsamkeit. Gegen Dunkelheit. Gegen Ignoranz. Gegen brüchig gewordene Resonanzwände. Oh ja, wir sind viele. Zu viele. Seit Kain und Abel hat sich unsere Zahl vermehrt. Wir wollen nicht länger stumm liegen. Geräuschlos. Wir wollen hier raus. Nach oben. Frische Luft atmen. Vögel auf den Wolken reiten sehen. A capella mit den Walen singen. Der Trommel folgen, die uns ruft. Zu lange in fremder Erde vergessen, werden wir uns Gehör verschaffen. Wir werden aufstehen und in die Welt hinausgehen. Die neue Welt. Bei allem, was wir machen, werden wir es den Ameisen gleich tun. Das wurmt uns nicht. Wir werden nicht leise sein. Man muss uns hören können. Geräuschvoll!

UFERBINSEN – vergessen – WALDGEFLÜSTER

Unter ihren Fußsohlen knackte ein Zweig und zwischen ihren Zehen quoll das von einem kurzen Schauer am Vormittag voll gesogene Moos. Die Nacht war dunkel. Kein Mond am Himmel. Der Sandmann hatte noch nicht die Sternenfackeln in Brand gesetzt. Über ihr ein schwarzes Tuch, wie man es früher über alte Holzreisekameras legte, um die Filmplatten auszuwechseln. Sie kam sich verloren vor. Ihre nackten Arme fröstelten. Das bis zu den Knien reichende weiße Nachthemd schwang sanft im Wind, der ab und zu mal vorbei schaute, sich aber nicht räusperte. Nicht einmal, als sie die Haarnadeln und das Samtband aus ihrer hochgesteckten Frisur zog, damit die Haare lang herunterfallen und ihren Rücken etwas wärmen konnten. Triefende Blätter, die über ihre Brüste strichen, hatten das Negligé durchsichtig werden lassen. Wen interessierte es?

Unter den Blatt
Flügeln der trauernden Weiden
Entkleide ich deinen
Rosenbedeckten Leib
Binde die Blüten
In Uferbinsen
Neige mein Haupt
Strähnengrau der
Erde zu, wage
Nicht zu träumen

Träumte sie? Würde sie gleich aufwachen, schweißgebadet, und sich nicht mehr erinnern können? Die
spitzen Nadeln, die sich zwischen dem Moos in ihre
Zehenspalten gruben, schmerzten. Kein Traum. Sie
konnte sich erinnern, am Schreibtisch - über ein
Blatt Papier gebeugt und mit einem Stift in der
Hand - gesessen zu haben. Abschied, kam es ihr in
den Sinn. Es sollte ein Abschiedsbrief werden.

Vielleicht sind
Es nur
Randnotizen
Geschrieben auf
Einem Blattabriss
Streunende Wörter
Schreibmaschinentypen
Erinnerungslastig als
Notiz an das Vergessen

Wenn wir etwas Liebgewonnenes, die Liebe, verloren haben und es aus unseren Gedanken und Erinnerungen schwindet, verschwindet, sich auflöst – wo bleibt es dann. WAS ist es dann? Würden wir es wieder-erkennen, wenn wir darüber stolperten oder wäre es nur ein namenloser Stein auf unserem Weg?

Wind fängt sich
Auf
Lichten Höhen
Dort wo
Gestern noch die
Engel flogen
Füchse unter
Lärchen schlafen
Über grauem Fels
Sich Himmel spannt
Totenstille
Erdenruh
Raben auf den Feldern

Heidi Bols-Blum

Würde – würde …

Würdelose Behandlung ins „rechte Licht" setzen, um darauf aufmerksam zu machen – alles andere als zur Freude – deshalb wäre ich gern ein Fotograf.

Ich würde fliehende, weinende, trauernde, enttäuschte, faltenreiche, lächelnde, lachende, sinnliche, liebende, streichelnde, umarmende – ja, alle mir begegnenden Menschen würde ich würdevoll in meinen Focus rücken und abdrücken – ja, das würde ich.

Bilder, an denen jeder sich „fest-sehen" kann. Bilder, bei denen jeder verweilen kann – eben Bilder, die nicht „laufen". Sie prägen sich besser ein.

Aber …

Ich bin kein Fotograf. In heutiger Zeit möchte ich auch keiner sein, denn wir haben in unserem freien, demokratischen Land den Datenschutz. Er ist Segen und Fluch zugleich.

Aber …

Schaue ich mir die Bilder der Einschulung meiner Kinder an, so sehe ich strahlende Augen und kleine, weiße Finger fest um die Schultüte gedrückt – und das mit den neuen Klassenkameraden gleich zweiundzwanzig Mal. Der Beginn von Freundschaften und späteren Erinnerungen auf Klassentreffen mit den Worten: „Weißt du noch?", oder: „Schau mal,

wie hieß der da hinter mir doch gleich? Ach ja, und da sitzt Karin. Ihr Rock sah immer frisch gebügelt aus, auch nach dem Toben auf dem Schulhof“.
Heute müssen bei der Einschulung elterliche Einwilligungsschreiben für ein Foto in der Schule hinterlegt werden. Alle haben Angst, dass die hübschen kleinen Jungen und Mädchen, die gut aussehenden – oder auch nicht ganz so ansehnlichen – Teenager durch das Einstellen der Fotos ins Internet missbraucht und gemobbt werden könnten.

Aber ...
Hat nicht im Jahr 2019 der Fotograf Sebastiâo Salgado den Friedenspreis des Deutschen Buchhandels – unter anderem für das Fotobuch „Children – Enfants – Kinder“ – zu Recht bekommen? Würde er heute diese Fotos noch machen dürfen?
Ja, denke ich, denn all seine Bilder verletzen nicht. Er schaut in das Herz der Dunkelheit gleich oft wie in das des Lichts.
So auch seine Worte: „Meine Sprache ist das Licht. Denn es ist auch und vor allem die Mission, Licht auf Ungerechtigkeit zu werfen, die meine Arbeit als Sozialfotograf bestimmt.“ Aber auch auf die Verletzlichkeit der Schönheit in der Schöpfung legt er den Fokus, um sie in der Zukunft zu heilen und zu erhalten, ebenso auf Bilder von würdelosem Verhalten durch andere, egal welcher Kre-

atur gegenüber, und auf Bilder der Schönheit und Freude, für das Gleichgewicht der Seele.

Aber ...
Wenn ich könnte, wie ich wollte, würde ich den mächtigen Besitzern der Internetforen verbieten, würdelose Fotos anzunehmen, würde fordern, das Darknet komplett zu löschen, damit wir alle wieder mit Familie, Bekannten und Freunden Freude an unseren Fotos als Erinnerung und Austausch behalten, und das ohne große Formalitäten.
Wie sagte meine Großmutter schon: „Erinnerungen mit den dazugehörenden Fotos, sind das Schatzkästchen des Alters."

Aber ...
Wie geht das? Würde ich in der Schule ohne zu fragen fotografieren, würde ich verklagt werden – weil vielleicht von zwanzig Kindern eines gerade dann „würdelos" in der Nase bohrt ...

Sie hat es eilig

Muss das denn sein? Jeden Morgen stürmt sie fast unbekleidet in meine vier Wände. Sie bringt alles durcheinander. Manchmal hat sie ein Lächeln in den Augen und um den Mund. Manchmal zieht sie ihre Stirn in Falten, reißt rechts an der Wand eine Schublade auf, dann wieder gegenüber, schaut auf all meine Sachen und flucht innerlich. Sie spricht sogar bisweilen mit mir; ungefähr so: *Nun sag schon, was soll ich anziehen heute? Für eine Wetterprognose ist es zu früh, zum Umziehen später habe ich keine Zeit – und übrigens: Du bist sowieso nicht mehr up to date.*

Soll ich jetzt beleidigt sein? Nee, ihr Mann hat mich gerade letzte Woche gelobt, als er bei mir hereinschaute.

In Situationen wie heute sieht sie sich im wandhohen Spiegel von oben bis unten an, dreht sich in alle Richtungen, zieht an ihrem zu kurzen Unterhemd mit den Spaghettiträgern, lässt es achtlos über dem Stringtanga baumeln – hm, es baumelt, so schlank ist sie – und schlüpft dann in ihre High Heels, dreht sich nochmal um, und beim Hinausgehen ruft sie über die Schulter zu mir in den Raum: *Bin gleich wieder da, hole mir nur schnell 'nen Kaffee.*

Komisch, immer zieht sie sich von unten nach oben an, also erst die Schuhe, dann ...

Ich höre sie noch kurz im Bad und schon trippelt sie die Treppe hinunter in die Küche. Dieses ohrenbetäubende Geräusch der modernen Kaffeemaschine dringt bis zu mir hinauf und der Duft des frischen *Americano* – ja, den gibt es jetzt auch zum Anklicken im Display – kommt mit doppeltem Schall und Geruch von unten zu mir nach oben. Warum in Gottes Namen muss es nun der *Americano* sein, dieser dünne Kaffee, der aussieht wie schwarzer Tee? Seit sie mit ihrem Mann eine USA-Rundreise gemacht hat, ist dieser Kaffee ihr Favorit. Früher war es der *Espresso*, dann der *Latte*, dann der *Café au Lait* und jetzt dieser Schwächling, den es in jeder Mall in den Staaten kostenlos beim Einkaufen dazu gibt. Außerdem scheint die Tür zur Küche geöffnet zu sein, denn schon höre ich wieder ihre warm klingende, heute etwas gehetzte Stimme. *Sophie, entscheide dich, französisches Croissant zum USA-Kaffee oder 'ne Waffel. Nee, nur 'nen Kaffee.* Ihre Stimme ist so unterschiedlich wie ihr Geschmack. Mal warm und liebenswert, mal etwas lauter, wenn sie sich aufregt, dann wieder mit Nachdruck in heftiger Diskussion oder versöhnlich. Die schönste Klangfarbe hat sie aber, wenn sie zärtlich ist. Schade, heute ist sie aufgeregt, weil in Zeitnot.
Jetzt stöckelt sie wieder nach oben. Wenn ich es eilig hätte, wäre ich barfuß die Treppe hoch und runter gegangen. Sie steht mit ihrem Kaffeebecher in

der Tür und schaut sich um. Sie greift nach einer schmal geschnittenen blauen Jeans, dreht sich um und will die neue Seidenbluse von *COMMA* an sich nehmen, da knickt sie um. Der heiße *Americano* schwappt in hohem Bogen auf die Bluse, und wie gefärbte, dunkle Regentropfen sprenkelt der Kaffee weitere Kleidungsstücke daneben ein.

Sooo, sagt sie, *wärest du ein normaler Kleiderschrank mit einer großen, breiten Schiebetür, hätte ich jetzt nur ein Tuch gebraucht, um sie abzuwischen, aber du?!* Du *musstest ja groß und modern sein. Warum hat man heute sowas wie dich, du „begehbarer Kleiderschrank"?*

Sie schmeißt ihre High Heels mit einem Ruck von den Füßen und gegen die Tür, rennt ins Bad nebenan, holt das weiße Badetuch, eine andere Farbe gibt es dort nicht, und wischt den *Americano* vom Boden.

Jetzt hängt sie auch noch die Jeans an die Hosenstange gegenüber und – natürlich verkehrt herum. Alle Bügel schauen mit der Öffnung nach hinten, dieser nun nach vorne. Sie zieht doch nicht auch noch den Pullover mit dem Rückenteil nach vorne an?, denke ich ärgerlich. Sie steht in der Mitte, so dass ich die kleine Träne rechts auf ihrer Wange sehe, und schon tut sie mir unendlich leid. Als sie dann auch noch ganz leise vor sich hinsagt: *Gerade heute, so'n Mist. Heute ist das Vorstellungsgespräch für die neue Produktlinie von COMMA, für die ich mich als Marketing-Produktmanagerin vorstellen soll ...*

Das weinende Elend kann ich nicht länger ertragen, und erst als sie hinausgeht, sehe ich wie sie in heller Jeans und roter Bluse einfach umwerfend ausschaut. Und was soll ich sagen: Sie hat den Job, ist aber nie mehr mit einem Kaffee zu mir gekommen.

Am Ende des Tunnels

Manager. Die Tachonadel ihres Lebens spielt zwischen achtundfünfzig und fünfundsechzig. Sie könnten ausruhen. Sie haben alles erreicht in ihrem Leben. Vom kleinen Arbeitsplatz im Großraumbüro nach dem Studium über das Karriere-Hick-Hack bis zum Aufstieg in die Chefetage mit holzgetäfelten Wänden, Ledersesseln, Fensterfronten bis zum Boden, Familie mit höchstens zwei Kindern und Urlaub in Übersee. Das Landhaus in der Toscana und die Stadtwohnung in München sind normal. Diese Manager, Verführer zu Hochleistungen ohne eigene Teambereitschaft, sind leider immer noch unter uns.

So einen Typen treffe ich in der Bahn und komme mit ihm ins Gespräch. In seiner Sammlung der besonderen Erlebnisse fehlt ihm, wie er erzählt, diese Fahrt hier – mit dem Glacier-Express von Chur nach Zermatt. Wir stellen uns vor. Er heißt Moritz. Ich bin Loris, ehemaliger Angestellter der Schweizer Krankenkasse Swica in Chur. Der Anzug meines Gegenübers ist hellbeige, der Mantel mattgrün, beides *uni*, nach feiner englischer Art des *understatements*. Seine gut manikürten Hände haben sicher noch keinen Rasenmäher geschoben, geschweige denn einen Hammer geschwungen.

Oooh! und *Aaah!* Plötzlich ertönen zwei oder drei

Stimmen, als der Glacier-Express in den langen Tunnel der Strecke einfährt. Doch zwischen diesen freudigen Ausrufen höre ich auch tiefes, kräftiges Ein- und Ausatmen. Moritz, der mir gegenüber sitzt, stöhnt unüberhörbar auf.

„Wissen Sie, wie lange wir hier durch diesen Tunnel fahren?", höre ich ihn fragen und seine Hand greift nach dem Ärmel meines Jacketts.

„So ungefähr eine Viertelstunde, warum?"

„Ach, nur so; aber warum machen die von der Bahn nicht das Licht im Wagen an?" Und seine Hand fasst kräftiger zu und ich spüre seine Angst jetzt auch körperlich.

„Die meisten Touristen haben sich gewünscht, einmal ohne Licht durch den Tunnel zu fahren", antworte ich, „sie wollen das Gefühl, unter dem Berg zu sein, voll genießen. Wir haben das doch alle beim Einchecken unterschrieben, Sie doch auch, oder?"

„Nee, nee, nee – daran kann ich mich gar nicht erinnern. Ich dachte, diese ganze Zettelwirtschaft ist wieder nur nichtsnutzige Bürokratie, ich hab das nicht gelesen, einfach meinen Friedrich-Wilhelm drunter gesetzt. Hätte ich das gewusst, hätte ich auf dieses Erlebnis verzichtet." Jetzt wird es stockfinster. Ich nehme seine Hand von meinem Arm, setze mich neben ihn und versuche, ihn zu beruhigen. Leise, sehr leise spricht er, ob zu mir oder zu sich selber, ich weiß es nicht: „Diese Dunkelheit erinnert mich an die beiden riesigen Heuhaufen, zwischen die ich vom Heuboden unseres Nachbarbauern gefallen bin. Es war dunkel und staubig. Ich wusste nicht, wo oben und unten war, weil beide Haufen durch meinen Aufprall über mir zusammengeschlagen waren. Es dauerte eine gefühlte Ewigkeit, bis die anderen mich gesucht und befreit hatten. Ich war fünf Jahre alt damals und seither habe ich Angst vor sehr starker Dunkelheit. Wahrscheinlich habe ich deshalb immer darauf bestanden, ein Büro mit großen Fenstern zu bekommen. Sind wir bald durch? Oh Gott, ich fühle mich so elend.“

Ich streichele seine Hand, wie es meine Mutter gemacht hat, wenn ich Angst vor Gewitter hatte. Er redet weiter: „Dieses Kämpfen ums Überleben, wie damals im Heuhaufen. Dieses ewige Kämpfen in der Wirtschaft, das Dranbleiben-Müssen, das Mitmischen-Wollen, das Strampeln im Strom, der Leben heißt, das angebliche Leben auf der ‚Sonnenseite‘, das alles frisst einen förmlich auf. Vielleicht hat Tennessee Williams ja recht gehabt, als er sagte: ‚Arbeit ist ein Rauschgift, das wie ein Medikament aussieht.‘ Und wir, die wir den Absprung noch nicht gefunden haben, so wie ich, wir propagieren auch ungefragt den guten, neuen, befreiten, von keinem Stress gestörten Lebensstil; bis dann ... bis dann so ein Tunnel kommt!"

„Aber Moritz", sage ich jetzt mit ruhigem sehr bestimmten Ton. „Sie müssen sich nicht nur über Ihre Arbeit und Ihren Besitz definieren. Es gibt verdammt noch mal auch andere Werte. Sie sollten eine Therapie gegen Ihre Angst machen, Sie armer Wicht."

Jetzt bin ich selber erschrocken über meine spontane, unachtsame Wortwahl. Mein Satz ist gerade beendet, da wird es heller und heller. Moritz zieht seine Hand aus meiner, lächelt verhalten, und ich spüre, wie sich seine Angst löst. Erleichtert schreit er in den Wagen: „Hoppla, da sind wir ja wieder!" Einige der anderen Damen und Herren, fast gleichen Alters wie Moritz und ich, wischen sich die feuchte Stirn ab und mir wird schlagartig klar: Die meisten hatten auch Angst. Ironisch kommentiert jetzt Moritz das Erlebte: „Das Skalpell des stockfinsteren Tunnels hat tief geschnitten, oder?"

Ich denke noch: Ja, bis es hell wurde am Ende des Tunnels, dann sind wir wieder alle die Alten.

Ille Conze

Nie das Richtige

Was war es früher schön, Geburtstag zu haben. Es wurde gefeiert, man wurde beschenkt und man genoss den Tag wie keinen anderen. Endlich siebzehn, endlich einundzwanzig.
Doch irgendwann lief der Film rückwärts.
So alt schon? Wieso feiert man dieses Drama überhaupt? Mit der Familie essen gehen, im Büro eine Runde Kuchen ausgeben, aber ansonsten bitte keine großen Besuche und Feiern.

Die Geburtstage grundsätzlich zu ignorieren, gelingt zwar selten, aber es wurden schlicht keine Einladungen mehr ausgesprochen. Doch manche Freunde und vor allem die Familie dulden dies nicht unbedingt. Manchmal planen sie nämlich Überraschungen und wenn man Pech hat, erfährt man tatsächlich nichts … ahnt wirklich *gar* nichts. Und steht dann vor einer Gesellschaft, alle strahlend und gut gelaunt, alle elegant gekleidet, während die sprachlose Jubilarin leger angezogen und mit halboffenem Mund in die Runde schaut.

Gott sei Dank nicht in der ältesten Hose, Gott sei Dank frisch geföhnte Haare, Gott sei Dank die schicke neue Bluse, die den Bauch nicht so arg zeigt. Und auf den Wangen sogar etwas Rouge. Richtig unansehnlich sieht sie nicht aus. Trotzdem.

Hätte man etwas gewusst – sie hätte sich sicher den schwarzen Pullover angezogen, der ihrer Meinung nach schlank macht und der zu ihrem blonden Haar passt. Und zum schwarzen Rock dann die knallroten Pumps. Auch wenn ihr Partner oft sagt, schwarz ist doch so traurig. Und noch schlimmer: Schwarz macht alt!

Vielleicht hätte sie dann nicht die neue, bunte Bluse angezogen, weil sie stets denkt, bunt ist nur etwas für junge Leute oder zumindest für die schicken Frauen aus der Kleiderabteilung im Modegeschäft an der Ecke. Die sehen immer top aus, mutig und bunt, auch wenn sie nicht mehr knackig jung sind.

Ja, das ist ihr Problem. Fast immer fühlt sie sich falsch gekleidet, stets zieht sie sich zweimal um, ehe sie ausgeht. Und ist nur selten mit sich zufrieden.

Und … wer ist schuld ?

Dieser blöde, stets überfüllte, unsortierte alte Kleiderschrank. 200 Jahre alt, nur einmal wurden die alten Füße neu verleimt, sonst ist er im besten Zustand. Aber leider nur selten kooperativ.
Denn oft findet man am nächsten Tag ein Kleid, dass man übersehen hat und das *garantiert* am Vorabend sehr passend gewesen wäre.

Vielleicht sollte man mal einen mitdenkenden Kleiderschrank erfinden. Einen, der die jeweiligen Stimmungen erkennt und der ungefragt die richtige Garderobe „rauswirft". Und sollte das dann doch nicht das optimale Kleid sein – vielleicht einfach ein weiteres anprobieren.

In luftiger Höhe

Als unser Freund Rolf, der seit mehr als zwanzig Jahren auf der Sonneninsel Gran Canaria lebte, erfuhr, dass er Parkinson hatte, war seine erste Reaktion: „Aber glaubt nicht, dass ich deshalb nach Deutschland zurück komme – ich bleibe hier! Für immer!"

Rolf lebte noch fünf Jahre lang mit mehr oder weniger Einschränkungen und wurde von seiner Lebensgefährtin zu Hause auf „seiner" Insel betreut, so gut es ging. Sie hatte alle notwendigen Vorkehrungen getroffen, als er starb. Er wurde eingeäschert und seine Urne wurde ihr übergeben. Sein Wunsch war es, in den Bergen von Gran Canaria zu bleiben. Dort, wo er so oft und so gerne wanderte und den schönsten Blick auf die Insel und das Meer hatte.

Leider dauerte es, bis sich sein letzter Wunsch erfüllte, denn Covid 19 ließ kein Einreisen zu. Wir sollten aber unbedingt dabei sein.

Fast zwei Jahre nach seinem Tod fuhren wir zu fünft zum Roque Nublo, der höchste Berg der Insel. Es war ein herrlicher Sonntag und wir vermuteten, dass bei dem schönen Wetter auch andere Besucher dort sein würden. Was wir aber nicht wussten: dass auch an diesem Tag ein Querfeldein-Geländelauf auf genau diesem 1.800 Meter hohen Berg stattfand.

Die Pfade waren von Zuschauern gesäumt, die den Läufern zujubelten. Rolf hätte seine Freude daran gehabt, er war früher schließlich auch Sportler.

Wir machten uns also auf den Weg nach oben. In einer Tasche die Urne und in einer anderen Tasche ein großer Berg von getrockneten Rosenblättern. Irgendwann wurden die Fan-Gruppen kleiner, und auch wir stiegen ins bergige, baumwurzelholperige Gelände, stampften durchs Gestrüpp und waren froh, als wir einen Platz fanden, der uns passend erschien. Er war in ca. 700 Meter Höhe, und es war hier um einiges windiger als im Tal. Als Rolfs Lebensgefährtin die Urne öffnete und etwas Asche aus dem Beutel nahm, war sie ihm Nu eingestaubt. Sie lachte und sagte: „Hey, Mann, du wolltest hierher, nun benimm dich auch." Sie musste sich drehen und wenden damit der Wind alles gut verteilen konnte. Es ähnelte fast einem Tanz. Wir warfen die Rosenblätter in die Luft und fühlten uns gut dabei. Weil wir wussten, dass es exakt das war, was Rolf sich gewünscht hatte und dass er genau diese Zeremonie gut gefunden hätte. Auf dem Weg zurück ins Tal warfen wir die letzten Rosenblätter in die Luft und verabschiedeten uns von ihm.

Wir waren uns alle einig, dass es ein schöner Abschluss war. Rolfs Wunsch war gut zwei Jahre nach seinem Tod in Erfüllung gegangen. Er hätte sicher gesagt, dass sich das Warten gelohnt habe ...

Die Motorsäge

Endlich, endlich kam der ersehnte Moment und der alte VW-Bus stand auf der Auffahrt.

Jahrelang war danach gesucht worden, dann wurde er gefunden und wieder jahrelang an ihm gebastelt, geschmirgelt, ausgebessert, ausgewechselt, Ersatzteile besorgt – und dann war es soweit. Nach der TÜV-Abnahme brachte die Werkstatt das schöne Stück und hatte eine dicke rote Schleife um den Korpus gebunden. Fotos wurden gemacht, Nachbarn kamen und gratulierten, und alles freute sich.

Die Innenausstattung war noch nicht hundertprozentig, es fehlten noch die Matratze und in einer Ecke kleine Fächer, in denen etwas Geschirr untergebracht werden sollte.

Einige setzten sich auf die halbfertige Konstruktion, die mit einigen Decken belegt war, andere standen vor dem Auto, man plauderte bei einem Glas Sekt und war guter Dinge.

Als es zu regnen begann, verabschiedeten sich die Nachbarn und Freunde und die zwei stolzen Besitzer saßen noch eine Weile im geschlossenen Bus auf der Vorderbank, als plötzlich jemand die Tür aufriss und laut zu schreien anfing. „Raus hier, ihr Blödleute. Das war mal mein Bus und den will ich zurück!"

„Wie bitte, was soll der Quatsch …"

„Raus, oder ich zünde das Auto an!"
Bleich, zitternd und hilflos stiegen sie aus und gingen um den Bus herum, als sie den dunkel Gekleideten mit einer Motorsäge im Arm sahen, die er vorher unter seinem Mantel versteckt hatte.
Er riss am Anwerfseil, mit lautem Getöse ging die Säge los und schnitt die ersten Löcher in die Polster.
Der Mann gab dabei unverständliche Flüche von sich und brüllte wie ein Berserker.
Inzwischen kam ein vom Lärm gestörter Nachbar wieder hinzu, versuchte, dem Angreifer die Säge wegzunehmen, und stolperte dabei. Dabei verletzte er sich, und die zwei bemühten sich, ihn vom Boden hochzuziehen ...
Dann erst kam ihnen die Idee, die Polizei zu rufen, so sehr waren sie geschockt.

Als der Notruf abging, klingelte der Wecker ...
Schweißgebadet griff sie danach und fragte sich, was dieser Traum wohl bedeutete. Sie hatten weder einen Bus noch ein anderes Auto.

Aber eine Motorsäge!

Petra Jans

Ich weiß doch gar nichts ...

„Ups", sagte Pupsi, als er aus etwas heraus flutschte und nicht wusste, wo er sich befand. Er schüttelte sich. Und weil er ziemlich erschöpft war, legte er sich erst einmal ins Gras. Sein Blick ging nach oben und er schloss ganz schnell die Augen, weil etwas sehr Helles auf ihn herunter schien. „Hey, warum tust du mir weh?", fragte er die Sonne, denn sie war es, deren Strahlen Pupsi geblendet hatten. Die Sonne erwiderte, dass sie ihn nur ein wenig wärmen wollte, weil er doch gar nichts anhatte. „Oha", sagte Pupsi. Nachdem er an sich herunter gesehen hatte, bemerkte er, dass er nichts an seinem kleinen Körper trug. Er fragte die Sonne, was er denn nun am besten tun sollte. „Such dir etwas zum Anziehen", antwortete sie ihm. „Anziehen? Was ist das?", wollte er wissen. „Das ist etwas, was über deinen Körper gezogen wird, denn ohne das bist du nackig und jeder kann deinen kleinen Bauchnabel sehen." Pupsi schämte sich sehr. Er machte sich auf die Suche nach etwas, das er anziehen konnte. Er traf einen Schmetterling, dessen schönes Kleid ihm sehr gut gefiel, und er wollte wissen, ob er auch so eines bekommen könnte. Der Falter meinte aber, sein Kleid sei einzigartig und nur er dürfe es tragen, und flog davon.

Traurig zog Pupsi weiter. Er sah einen schönen

Baum mit großen Blättern. „Hey, Baum – würdest du mir etwas von deinen Blättern abgeben, damit ich meinen Bauchnabel bedecken kann?" „Klar", sagte der Baum und warf ein großes Blatt herunter. Pupsi dankte und versuchte, das Blatt mit Spucke auf seinen kleinen Bauch zu kleben, was natürlich misslang.

Betrübt lief er weiter und begegnete einem Schwan, den er ebenfalls bat, ihm etwas von seinem Gefieder abzugeben. Der Schwan hatte Mitleid, zupfte sich ein paar Federn heraus und schenkte sie dem kleinen Nackedei.

Stolz ging Pupsi weiter und kam an einen Bach, in dem sich etwas Buntes, Schillerndes bewegte. Er beobachtete das Treiben eine Weile und wollte wissen, was es war. „Wir sind Forellen, wir sind Fische und leben im Wasser. Wir müssen aber höllisch aufpassen, dass keine Menschen uns fangen. Sie ziehen uns hier heraus. Und wir wissen nur, dass bisher noch keine von uns zurückgekehrt ist. Aber was willst du hier?", fragten die Forellen. „Ach", meinte Pupsi, „ich weiß doch nicht, wo ich herkomme und wo ich hingehen soll, ich weiß doch nicht einmal, wer ich bin, und deshalb laufe ich einfach immer weiter." Auch die Forellen mussten weiter, wünschten ihm aber noch viel Glück bei seiner Suche.

Es wurde bereits dunkel und Pupsi wurde immer trauriger, weil er so einsam war. Ihm war ganz entsetzlich kalt, denn auch die Sonne hatte ihn alleine gelassen, ihre warmen Strahlen behüteten ihn nicht mehr. Er spürte, wie ihm etwas Warmes über sein Gesicht lief, es war nass und salzig. Bald schlief er ein, träumte davon, nicht mehr so verlassen zu sein. Am nächsten Morgen schien wieder die Sonne und kitzelte ihn mit einem warmen Sonnenstrahl an der Nase. „Hallo, Pupsi – wach auf", sagte sie, „ich habe eine Überraschung für dich!" Langsam öffnete er seine Augen. Freundliche Gesichter schauten auf ihn herab.„Hallo, mein Kleiner – schön, dass wir dich wiedergefunden haben! Und nackig wirst du auch nicht mehr lange bleiben, denn bald wird dir ein wunderschönes Fell wachsen!", hörte er eine Stimme sagen, die ihm vertraut vorkam. Glücklich schloss er sich seiner Familie wieder an und wurde mit der Zeit groß und stark.

Die Entscheidung

Nun gab es kein Zurück mehr, der Tag, an dem sich alles in seinem Leben ändern sollte, war herangekommen. Er wollte keine Wehmut empfinden, nicht traurig sein, und vor allem niemanden merken lassen, wie schwer ihm diese Entscheidung gefallen war und immer noch fiel.

Ein Koffer mit den wichtigsten Habseligkeiten war gepackt und die Wohnung – bis auf die Gardinen am Fenster und die Matratze auf dem Fußboden – leer. Keiner der Nachbarn hatte bemerkt, was in den letzten Wochen alles aus dieser Wohnung abtransportiert worden war. Es waren einige wertvolle Sachen dabei gewesen, von denen er sich aber emotionslos trennen konnte. Für ihn hatten sie keinen besonderen Wert, und auch von allen anderen Dingen hatte er sich schmerzlos getrennt.

Jetzt zündete er eine Kerze an, stellte sie neben sich auf den Fußboden und ließ seinen Gedanken noch einmal freien Lauf, zurück zu den glücklichen Tagen, den lange vergangenen Jahren, als er mit seiner Frau Hannelore diese schöne Wohnung bezogen hatte. Er dachte an seine Tochter Ewa, die hier geboren worden war, inzwischen in Australien ihr Glück gefunden hatte und dort lebte. Seine große Liebe, Hanne, hatte er schon früh verloren, sie war nach einem Schlaganfall verstorben. Seit dieser Zeit lebte er allein und zurückgezogen mit all seinen Erinnerungen in dieser Wohnung im ersten Stock. Die schönen Blumen, die seine Frau hier auf dem Balkon gehegt und gepflegt hatte, waren entsorgt, der Balkon war nun leer, so leer wie sein Herz.

Die Nachbarn im Haus waren junge Leute, sie konnten mit ihm, dem alten Mann, nicht viel anfangen, sie grüßten freundlich, und dabei blieb es.

Er wollte es auch so, wollte sich in seiner Trostlosigkeit baden, führte Selbstgespräche, in denen er sein Schicksal beklagte und sich bedauerte.

Auf den Wunsch seiner Tochter, zu ihm nach Australien zu ziehen, reagierte er immer mit Ablehnung. Er wollte lieber alleine sein, mit den Schatten der Vergangenheit leben, fühlte das frühere Glück, wenn er die Augen schloss, spürte manchmal Hannes Nähe, als ob sie einen Kuss auf seine Wange hauchte. Auf all diese Gefühle wollte er nicht verzichten, nur deshalb war er geblieben.

Das Zuschlagen einer Tür im Treppenhaus holte ihn in die Gegenwart zurück

Sein Rücken tat ihm weh, er lehnte sich gegen die Wand und nahm noch einmal die ihm gebliebenen Habseligkeiten in Augenschein – alles, was noch wichtig war, stand da. Beruhigt lehnte er sich wieder zurück. Noch eine Stunde, dann wollte er sich auf den Weg machen. Als die Zeit vorüber war,

nahm er sein Diabetes-Besteck heraus und füllte die
Spritze, diesmal mit einer maximalen Überdosis.
Den Brief an seine Tochter hielt er fest, in der Hand
auf seinem Herzen.
Die Sonne, die kurz danach aufging, sah er nicht
mehr.

Rainer Martens

Die nächsten bitte!

Auf dem Weg zum Bahnhof antwortet Tommy auf Michaelas Frage, welche Pläne er in der Zeit ihrer einwöchigen Abwesenheit habe: „Nichts Besonderes, heute am Nachmittag ein Webinar und dann ist ein paar Tage Relaxen angesagt." In der Tür des abfahrbereiten Zuges sagt sie: „Ich freue mich auf einen entspannten Tommy, wenn ich zurück bin."
Zuhause erledigt er die alltäglichen Dinge wie Aufräumen, Geschirr abwaschen, Müll rausbringen, lüften. Gar nicht erst den Schlendrian aufkommen lassen. Dann die E-Mails checken, bearbeiten, beantworten und im Internet fürs Webinar recherchieren. Und noch schnell Klavier und Gitarre üben.
Beim anschließenden Powerspaziergang übers Feld trifft er auf Burkhard, der mit seinem Hund unterwegs ist und, wie sich im Gespräch herausstellt, bereits drei Tage Strohwitwer ist. „Alter, mir ist so langweilig. Bist du heute Nachmittag zu Hause?", fragt er.
„Ja, aber ..."
„Ich komme vorbei und schnorre mir einen Kaffee."
Burkhard wird vom Hund weitergezogen. „Bis später", ruft er.
Nach dem Mittagessen legt sich Tommy aufs Sofa, um ausgeruht in den kreativen Nachmittag zu star-

ten, der mit dem Webinar um halb drei beginnt.

Er hat gerade mal ein Auge zugemacht, da klingelt es an der Tür. Es ist nicht Burkhard, sondern eine junge Frau mit lila Haaren und unüberschaubar viel Metall im Gesicht. Die schwarzen Klamotten werden offensichtlich hauptsächlich von Sicherheitsnadeln zusammengehalten. „Hallo, ich bin Jolanda. Habe gehört, du hast einen Amp, den du loswerden willst." „Das stimmt, komm rein." „Moment." Sie kommt mit einer Gitarre zurück. Tommy stellt den Verstärker ins Wohnzimmer. Jolanda holt eine ‚Jackson' aus dem Koffer. Oha, denkt er, das wird laut! „Kann ich dich allein lassen?" „Ich bitte darum."

Auf dem Weg nach oben klingelt es abermals. Claus Albertsen steht in der Tür, hinter ihm zwei Männer in grünen Overalls. „Wir wollen den Garten frühlingsfertig machen." Er späht an Tommy vorbei ins Haus. „Michaela nicht da?" „Die ist für ein paar Tage unterwegs." „Einen Kaffee kriegen wir trotzdem, oder?" „Ich denke, das wird sich machen lassen." „Dann gehen wir mal an die Arbeit."

Es ist halb drei und Tommy loggt sich ein. Von der Begrüßung bekommt er nichts mit, weil von unten ein ohrenbetäubender Lärm kommt. Jolanda! Er stürmt die Treppe hinunter und schickt sie mit dem Verstärker ins Schlafzimmer. In dem Moment steht Burkhard in der Haustür. „Bin ich zu früh?" „Ja …

nein … komm einfach rein. Ich hab noch eine halbe Stunde zu tun, mach dir einen Kaffee und bring mir bitte auch einen. Ich bin oben."

Gerade als Burkhard ihm den dampfenden Becher hinstellt, klingelt's erneut an der Tür. „Ich mach das schon", sagt er, geht hinunter und ruft: „Da sind zwei Leute, die die Duschwanne auswechseln wollen." „Die sollten doch erst morgen kommen." „Soll ich sie wieder wegschicken?" „Nein, ich komme!"

„Morgen schaffen wir's nicht", sagt einer der Klempner zu Tommy. Er zeigt ihnen, wo sich das Bad befindet.

Es klingelt. Vor der Tür stehen zwei Erwachsene und drei Kinder, schätzungsweise zwischen acht und zwölf Jahren. „Du musst Tommy sein", brüllt der Mann und hält ihm seine Pranke hin. „Ich bin Heinz, das ist meine Frau Lara und das unser Nachwuchs."

„Hoffentlich sind wir nicht zuhause, wenn die Bergers aus Lüdenscheid auf dem Weg nach Schweden sind", hatte Michaela kürzlich noch gemeint.

„Michaela ist leider nicht hier", versucht Tommy sie abzuwimmeln. „Nicht so schlimm, mein Junge, wir haben Kuchen mitgebracht, dann lernen wir uns mal kennen." Er schiebt Tommy zur Seite. „Dann wollen wir mal schauen, wie ihr so wohnt."

Tommys Handy meldet sich. Er schaut aufs Display. „Hallo, Andreas … oh, war das heute? Ich kann hier nicht weg … okay, dann kommt zu mir." Den Festausschuss hatte Tommy so gar nicht mehr auf seinem Plan.

Im Wohnzimmer haben sich alle versammelt. Die Klempner, die Gärtner, die Bergers und der Festausschuss des Geflügelzuchtvereins. Burkhard ist am Kaffeekochen und schickt eines der Kinder los, um Kuchen zu holen. „Alter, hätte ich gewusst, dass bei dir so viel Betrieb herrscht, wäre ich ein andermal gekommen."

Mitten im Trubel geht die Schlafzimmertür auf. Jolanda reibt sich den Schlaf aus den Augen.

Im Nu verstummen die Gespräche und alle starren auf die junge Frau. Dann richten sich fragende Blicke auf Tommy.

„Es ist nicht so, wie ihr denkt!"

Ein stummer Hauch

Sie entdeckt die kleine runde Plastikröhre und erinnert sich an die Worte ihrer Schwester: „Du bist zwar stumm, aber nicht taub, also noch mal zum Mitschreiben: Das gehört mir! Fass es nicht an!"
Heute wird Zehra ihr das bunte Röhrchen nicht aus den Händen reißen, denn sie ist nicht hier. Aysel macht sich daran, den roten Deckel abzuschrauben, was schwierig ist, doch gelingt es ihr. Sie hält sich den Ring vor den Mund und pustet.

Kemal klopft Erdin auf die Schulter. „Kumpel, mach mal Pause." Erdin fährt herum. Unter dem Staub zeugen dunkle Augenringe von zu wenig Schlaf. Er will weitermachen, doch hat er kaum die Kraft, einen Stein anzuheben. Okay, eine kleine Pause wird ihm guttun. Schleppenden Schrittes begibt er sich zum Zelt, wo er etwas zu essen bekommt und seine Trinkflasche mit frischem Wasser auffüllt. Dann setzt er sich abseits von den anderen Männern und Frauen auf eine Decke und nimmt einen kleinen Schluck, um sich den Staub aus dem Hals zu spülen. Der hagere Mann schaut auf die Schuttberge und bei diesem Anblick ergreift wieder der Gedanke Besitz von ihm, der sich nicht verscheuchen lässt. Hätte *ich* es verhindern können?

Einige Häuser wären bei Beachtung der für dieses Gebiet geltenden Bauvorschriften sicher nicht wie Kartenhäuser in sich zusammengefallen. Er hatte seine Bedenken geäußert, ihnen gesagt, dass das Bauen in dieser Region ein hohes Risiko bedeute. Es dürfe auf keinen Fall beim Material gespart werden. Man hatte ihn beiseite genommen und ihm erklärt, dass ein leitender Ingenieur doch ständig Risiken in Kauf nehmen müsse. Das gehöre doch zu seinem Beruf. Er brauchte den Auftrag und hatte den Umschlag in die Tasche gesteckt.

Als die Erde bebte und er im Fernsehen das Ausmaß der Katastrophe sah, hatte er sich auf den Weg gemacht.

Erdin schlingt das kalt gewordene Essen hinunter und macht sich wieder an die Arbeit. Die Dämmerung bricht an. Diesen einen Stein noch. Er wirft ihn beiseite und fällt vor Überraschung fast hintenüber. Eine Seifenblase schwebt direkt vor ihm aus dem Loch empor. Er schaut ihr fasziniert nach, bis sie zerplatzt. Erst dann erfasst er die Bedeutung. Zuerst kommt nur ein Krächzen aus seinem Mund. Er räuspert sich und ruft: „ALLE HIERHER!"

Vorsichtig tragen die Helfer Steine und Betonstücke ab und nach vier Stunden ist die kleine Aysel in Sicherheit. Sie bringen sie zum Lager.

Zwei Männer stehen am Rand und warten, bis die Ambulanz die Versorgung übernommen hat. Dann treten sie vor.
„Erdin Tekin?"
„Ja, der bin ich."
„Sie sind verhaftet, kommen Sie bitte mit."

Kein Erbarmen

Sie kommen durch den Garten. Zu spät, um unbemerkt die Hintertür zu schließen. Er duckt sich und schleicht zum Kellereingang. Vorsichtig drückt er die Kellertür hinter sich ins Schloss, schaltet das Licht ein und steigt langsam die Holztreppe hinunter. Er weiß genau, welche Stufen knarren, wo er nicht in der Mitte auftreten darf. Unten angekommen, geht er geradewegs in den Raum, den er seit dem Einzug nicht mehr betreten hat. Dort befinden sich in Kartons und Kisten die Sachen, von denen er sich nicht trennen kann oder will. Jetzt ist er froh darüber, dass er auch beim letzten Umzug beschlossen hat, sie wieder mitzunehmen und in den Keller zu stellen.

Trotz des hellen Sommertages dringt nur wenig Licht durch das schmutzige kleine Fenster, doch für seine Zwecke genügt es. Er schaut nach oben ins Regal zu den fünf olivgrünen unbeschrifteten Bundeswehrkisten und ist sich sicher, dass er sie dort hineingetan hat. Eingewickelt in Zeitungspapier. Er wuchtet die erste Kiste vom Regal, stellt sie vor sich auf den Boden und öffnet den Deckel. Staub wirbelt durch den Raum und macht die Luft stickig. Er unterdrückt einen starken Hustenreiz. Schnell durchwühlt er die Kiste. Nichts. Auch in der zweiten wird er nicht fündig. Er kommt ins Schwitzen. „Sie muss hier sein, sie muss!", flüstert er. Als er die dritte Holzkiste öffnet, fällt der Deckel hinunter auf den Betonboden. Er erstarrt, hält die Luft an und horcht. Es war zwar nicht übermäßig laut, aber wenn sie sich auf der Suche nach ihm gerade in der Küche aufhalten …

Er wartet noch einen Moment, bevor er in die Kiste schaut. Dort ist es, das Päckchen. Er holt es heraus und legt es auf den Boden. Beim Auswickeln schaut er aufs Datum der Zeitung: 6. September 1996. Schon so lange her. Er betrachtet die Pistole in seiner Hand, sie fühlt sich … anders an, aber nicht fremd. Kurz werden Erinnerungen wach. Er war der Beste damals, konnte damit umgehen wie kein Zweiter. Nur fragt er sich jetzt, ob sie noch funktionieren würde. Da er es nicht ausprobieren kann, bleibt ihm nichts anderes übrig, als sich darauf zu verlassen. Er hat keine Wahl.

„Auf in den Kampf", macht er sich Mut, lässt alles stehen und liegen und geht zügig, aber vorsichtig die Treppe hinauf. Hinter der Kellertür bleibt er einen Moment mit angehaltenem Atem stehen. Als er nichts hört, öffnet er sie nach einer Weile langsam und späht in die Küche. Die Luft ist rein, aber sein Standort ist ungünstig. Er geht auf die Knie und robbt zur Spüle, die sich hinter der Tür zum Flur befindet. „Das ging früher besser", denkt er und zieht sich mit der freien Hand an der Spüle hoch.

Jetzt hat er das Überraschungsmoment auf seiner Seite, die perfekte Position für einen Hinterhalt.

Kurz nachdem er den Wasserhahn aufgedreht hat, hört er hinter sich ein Flüstern. Verdammt, er hat sie nicht kommen hören. In einer einzigen fließenden Bewegung schließt er den Pfropfen, schnellt herum und drückt ab. Ein paar mickrige Tropfen fallen auf seine Schuhe, das ist alles. Er schaut erst bedeppert nach unten, dann nach vorn und hebt grinsend die Arme, doch in den Augen seiner Kinder sieht er keine Gnade. Der erste Wasserstrahl trifft ihn voll auf die Brust.

Missverständnis

„Ich bin ein Satanbraten!" Jan-Toby füllt mit einer Hand Sand in einen Eimer und lässt den Satz nebenbei, nichtsdestoweniger bedeutungsvoll, in die Runde fallen.

„Aha …", meint Lena-Sophie, die gerade versucht, den Griff einer Schaufel in ein Astloch zu stecken. „Und was ist das?"

„Weiß nich."

„Aber du hast doch grad gesagt, dass du so was bist", wundert sich Bernd-Ole.

„Mein Papa hat es gesagt."

„Vielleicht ist er krank", sagt Lisa-Marie in der benachbarten Sandkiste zu Marc-André.

„Sein Papa?"

„Nein, Jan-Toby."

„Dann könnte er doch gar nicht hier sein. Man darf nicht in den Kindergarten, wenn man krank ist", belehrt Jo-Frerk seine Spielkameradin mit erhobenem Zeigefinger.

„Ich bin nicht krank", sagt Jan-Toby, der nun schon bedauert, dass er überhaupt etwas gesagt hat.

„Was hat denn Jan-Toby?", ruft Femke-Marleen von der Schaukel herüber.

„Er hat einen Braten", ruft Lisa-Marie zurück.

„Auf seinem Brot?"

„Kann sein.“ Lisa-Marie hält einen Regenwurm in die Höhe, den sie gerade ausgebuddelt hat.

„Wir essen kein Fleisch“, sagt Femke-Marleen, „meine Eltern sind nämlich Vegelager und sie sagen, dass Fleisch essen nicht gesund ist.“

Lisa Marie wirft den Wurm kurzerhand aus der Sandkiste.

Femke-Marleen springt von der Schaukel und geht zu Jan-Toby. „Kann ich mal von deinem Brot abbeißen?“

Jan-Toby schaut zu ihr hoch. „Warum?“

„Darum.“

„Weiß nich.“

„Du kriegst dafür auch eine Milchschnitte von mir.“

„Die mag ich nicht.“

„Was willst du dann?“

„Gar nichts.“ Jan-Toby hat den Eimer inzwischen mit Sand gefüllt, stülpt ihn um und zieht den Eimer nach obenhin weg. Er scheint zufrieden mit seinem Werk.

„Du bist so gemein.“ Femke-Marleen tritt den gerade fertiggestellten Sandturm mit dem Fuß um, bricht in Tränen aus und rennt zurück zur Schaukel.

„Was hat sie denn“, fragt Lena-Sophie.

„Weiß nich.“ Jan-Toby fängt wieder an, Sand in den Eimer zu schaufeln. Er hat mittlerweile vergessen, um was es geht.

„Und damit du's weißt", schreit Femke-Marleen, „meine Milchschnitten schmecken dreitausendzwanzigmal besser als dein blöder Brotbraten. Du bist nämlich ein Blödbraten, Blödbraten, Blödbraten …"

Lisa-Marie weiß nicht so genau, warum, stimmt jedoch begeistert mit ein: „Blödbraten, Blödbraten …"

Frau Jansen-Lenzheimer wird von dem Geschrei angelockt. „Kinder, was ist denn hier los?"

„Jan-Tobys Papa ist krank und darf nun kein Fleisch mehr essen", ruft Marc-André.

„Und deshalb hat Jan-Toby den Braten auf sein Brot bekommen", ergänzt Lisa-Marie.

„Und Femke-Marleen hat Jan-Toby seinen Turm mit dem Fuß kaputt gemacht", posaunt Lena-Sophie. Sie hält sich schnell die Hand vor den Mund, weil sie eigentlich nicht petzen wollte.

„Und nur, weil ich keine Milchschnitte mag", erklärt Jan-Toby zum Schluss und widmet sich seinem Eimer, den er erneut gefüllt hat. Fertig zum Umstülpen.

Brigitte Neumann

Das nächste Leben

Es war Sonntag, der 17. Dezember, und als Sepp aufwachte, fand er sich verwandelt in eine kleine, hartschalige und bissige Bettwanze. Zu seiner Überraschung stellte sich ein Gefühl der Erleichterung ein. Nie mehr lesen und vergessen, um erneut zu lesen, was er schon einmal gewusst hatte. Wie zum Spiel bewegte er seine sechs Beine. Sie funktionierten, als sei er eine ganz und gar jugendliche Bettwanze. Auf diesen neuen Beinen eilte er sofort hinter eine Wulst der Matratze. Denn ihm war klar, dass seine Verwandlung unerwünscht und gleichsam ein Déclassement war. Sein Leben bestand eigentlich aus Lesen und Schreiben. Um diese Zeit hätte er sonst gelesen. Auf dem Nachttisch lag Rob Dunn, Nie allein zu Haus. Das Buch des US-Biologen handelte davon, welch unbekannte Wesen neben uns allen, also auch ihm, dem neunundsiebzigjährigen Wiener Privatgelehrten, im Haus lebten: Asseln, Kneifer, Mikroben, Pilze, Spinnen. Und bei Sepp nun auch eine spezielle Sorte Parasiten: die Bettwanzen. Sepp staunte. Die letzten zwanzig Jahre hatte er also nur vermeintlich fast allein mit seiner Frau gelebt. Er krabbelte aufs Plumeau und sah in der Morgendämmerung zur anderen Hälfte des Ehebetts. Da lag Resi. Wie immer lag da Resi. Mit Haarnetz, Ohrstöpseln und Gicht. Bald würde sie erwachen, und er wäre nicht mehr an ihrer Seite. Dieser Gedanke beflügelte ihn. Und nun, wie er, seinem Instinkt gehorchend, wieder unter Tage in die Deckung lief, dort sein Köpfchen vorsichtig nach links und rechts schwenkte, erkannte er, dass ihn zahllose Brüder und Schwestern umgaben. Emsig machten sie sich an ihren Gelegen zu schaffen, sponnen zarte Fäden um die Eier und fütterten die Brut mit Blut. Später legten sich alle hin, denn sie waren müde. Aber Sepp kam lange nicht zur Ruhe. Er konnte es nicht fassen. Er war einer von ihnen, genauso klein, hart, bissig wie die anderen. Und Teil ihrer Truppe. Damit er einschlafen konnte, krochen sie an ihn heran, rieben sich an seinem kleinen braunen Chitinpanzer und gaben leise Wohllaute von sich. Traumlos, und ohne dass ihn seine vergrößerte Prostata zu zig Pinkelpausen gezwungen hätte, verbrachte er diese Nacht in neuer Gestalt. Er registrierte auch diesen Vorteil seiner Verwandlung.

Die Truppe blieb im Versteck, bis sich der nächste Abend herabsenkte. Zu Sepps Verblüffung ließ sich Resi ohne weitere Zeichen der Irritation allein ins große Ehebett fallen. Hatte er eine Reise angekündigt? War er tot? Er konnte sich nicht erinnern. Kaum schnarchte sie leise, gab Cro, der Truppenführer, das Signal zur Attacke. Auf sein Geheiß kletterten alle behände aus dem Lattenrost aufs Paradekissen und von dort ins Dekolleté Resis. Sie bissen und saugten, saugten und bissen, und zwar so lange, dass ihre kleinen Wanzenkörper unter der harten Schale so sehr anwuchsen, bis sie fast platzten vor Blut. Sepp fand, sie sahen aus wie pralle Apfelkerne auf sechs Beinen.

Schon im Schlaf fing Resi an, sich zu kratzen, denn die Bissstraße der Bettwanzen, die sie vom Hals bis zum Nabel gelegt hatten, juckte arg. Je mehr sie kratzte, desto mehr juckte es. Bettwanzen, das musste Sepp mit leichtem Erschaudern eingestehen, waren nahezu perfekte Organismen. Sie bissen und spritzten sofort eine betäubende Substanz in die Wunde, damit das Opfer erst mal nichts bemerkte und sie ungehindert saugen konnten.

Sepp gefiel das neue Leben ohne Einsamkeit und in Gemeinschaft. Seine Tage vergingen ohne die übliche Suche nach Gedanken, die er noch nicht gedacht hatte, nach den Verbindungen des einen Gedankens zu anderen Gedanken, auf dass ein Netz von Gedanken entstehe, die die Welt ein wenig besser erklären konnten als seine Gedanken aus dem Monat zuvor. Manchmal, er erinnerte sich mit einiger Bitterkeit, waren Gedanken auf ihn eingestürzt wie ein Schwarm Krähen und hatten mit ihren scharfen Schnäbeln auf seinen Kopf eingehackt. War es so weit, stürzte er zum Fenster, riss es auf, rieb sich über den Schädel, um den schwarzen Schwarm zu verscheuchen. Dann blieb er ein paar

Minuten stehen, bis er wieder frei atmen konnte. Resi schlurfte dann zuverlässig um die Ecke und schrie was von Heizkosten. Dunkel erinnerte er sich an diese schweren Stunden seiner menschlichen Existenz.

Jetzt als Bettwanze hatte er nur noch ein einziges Ziel: beißen und saugen, saugen und beißen. Dann Rückzug in den Lattenrost: Sex und Ruhe. So einfach und wunderbar kann das Leben sein. Aber dann kam doch etwas dazwischen. Resi wieder mal. Sie hatte Lunte gerochen, denn sie war übersät von Bissstraßen, und auf der Suche nach dem Grund des Malheurs war sie auf einen Artikel im Meldorfer Boten gestoßen. Dort stand, was bei Bettwanzenbefall zu tun sei. Also warf sie die Matratzen vom Lattenrost und brachte den Staubsauger in Anschlag. Angesichts der Fülle von Gelegen und Geweben schien sie erst die Nerven zu verlieren, machte sich dann aber unverdrossen an deren Beseitigung. Sepp und ein paar seiner Kumpel erkannten Resis Absicht und schalteten auf Vorwärtsverteidigung. Als Resi sich in einer Pause kurz auf den ebenfalls infizierten Lederstuhl setzte, huschten Sepp und seine Freunde in ihren Ärmelaufschlag. Dort mussten sie nicht lange auf ihre Gelegenheit warten. Wie bestellt, klingelte es an der Haustür. Petra von nebenan fragte, ob was sei oder wieso dieser Hausputz mitten im Winter. Resi bleckte die Zähne zu einem

Lächeln. Die kranke Mutter komme über Weihnachten, und die sei sehr penibel. „Diese Mütter", sagte Petra voller Anteilnahme und schnalzte mit der Zunge. „Meine Familie kommt auch. Hast du denn Lust, heute Abend auf ein Gulasch mit Knödeln vorbeizukommen? Ich üb' nämlich schon für Weihnachten. Ich hoffe es wird was. Willst du meine Testesserin sein? Bitte, sag ja. Und mach dir keine Umstände. Komm einfach so in Hausfrauenblau rüber." Resi sagte zu. Sepp und seine Freunde atmeten auf. Leise flatterte der Ärmelaufschlag.

Eurovision

Sacra famiglia, cari amici, liebste Literaturenthusiasten, freundliche! Kollegen und Redakteure, Schönheit ist entwaffnend. Hier gibt es sie im Überfluss. Sie ist nicht zu fassen. Ich versuche es mit Fotos, aber da ist nie alles ganz drauf.
Goethe hat es damals – notgedrungen – noch anders gemacht:

„Ich habe mir die Bilder wohl eingedrückt." (aus seiner „Italienreise")

Und Goethe und ich sind ja nicht die einzig Hingerissenen. Heinrich von Kleist schrieb in einem Brief nach Hause:

„Mein Herz schmolz, mein Geist flatterte wollüstig, wie ein Schmetterling über honigduftenden Blumen."

Das kommt garantiert von der „Leggerezza". Das ist so ein Begriff, der zur Schönheit Italiens gehört und nirgendwo sonst hin. „Gentilezza" auch. Wo wir Deutschen gut im Systematisieren, Kontrollieren und Organisieren sind, da haben die Italiener ihre Stärke in „La Gentilezza". Das Wort wäre mit Liebenswürdigkeit nur unzureichend übersetzt. Denn Gentilezza bedeutet, dem Anderen freundlich zu begegnen, ihn anzuschauen, ihm in seinem Minen-

spiel zu folgen, ihn auf keinen Fall frustriert zurückzulassen, sondern immer für einen angenehmen Ausgang zu sorgen. Die Gentilezza funktioniert nur ohne Hast. Sie führt auch dazu, dass Wege gewiesen werden, die nicht zum Ziel führen. (Man möchte ja nicht unhöflich sein.) La Gentilezza verändert das Alltagsleben radikal, obwohl sie nichts Tiefgreifendes meint. Aber sie führt eine gewisse Leichtgängigkeit ein. Und das ist so schön!
Nun zur Leggerezza, der Leichtigkeit. Leichtigkeit und Freundlichkeit fallen mir natürlich auch deswegen in Italien so auf, weil sie uns daheim so furchtbar fehlen. Wie unter der Schuldknute arbeiten wir ernst im Büro, am Thema, an uns, am Mann, am Kind. Selten ist mal: nichts. Einfach nichts. Selten quatscht einen jemand einfach so an, weil … wo auch? Selbst im Café: Alle sind notorisch beschäftigt. Meist mit irgendwelchen Geräten.

„Alles deutet dahin, dass ein glückliches, die ersten Bedürfnisse reichlich anbietendes Land auch Menschen von glücklichem Naturell erzeugt, die, ohne Kümmernis, erwarten können, der morgende Tag werde bringen, was der heutige gebracht, und deshalb sorglos dahin leben. Augenblickliche Befriedigung, mäßiger Genuss, vorübergehendes Leiden, heiteres Dulden! (…) Ich finde in diesem Volk die

Wenn der sogenannte umbrische Kaschmirkönig Brunello Cucinelli in einem Interview, dass ich mit ihm geführt habe, sagt, dass Italien jemanden wie la Merkel braucht, damit Italien mehr wie Deutschland wird, dann finde ich, umgekehrt ist auch gut und richtig. Deutschland sollte nämlich seinerseits mehr wie Italien werden. Deshalb bin ich für zwei Jahre gegenseitigen Erziehungsurlaub.

Die Deutschen gehen mit elf Jahren nach Italien. Sie erlernen dort Herzensbildung. Die Fächer: Sprechen, Singen, Kochen. Die Italiener kommen ihrerseits mit sechzehn Jahren nach Deutschland. Unterrichtsfächer: Systematik, Effizienz, Organisation.

Da gewiss auch andere Nachbarvölker ihre Mentalitätsstärken haben, wäre mit ähnlichen Austauschprogrammen ein steter Strom der EU-Bürger durch ihre Ländereien gewährleistet. Man würde sich kennenlernen, sich miteinander vermählen, insgesamt polyglottisieren. Und nach fünfzehn Jahren hieße es: Vereinigte Staaten von Europa. Das wär doch was!

Macht mit! Bestürmt die Politiker! Brüssel wartet auf unsere Vorschläge!

Mieses Maschinen-Karma?

Tatsächlich gab es einmal eine Zeit, da markierten Mann und Frau von Welt ihre Besonderheit nicht mit einem „Flesh Tunnel", einem Fleisch-Tunnel, der dort saß, wo einst ein Ohrläppchen war, oder mit einem Nasenring, einem Totenkopf-Tatoo am Kehlkopf, einem a-symmetrischen Haarschnitt in Kunstfarben. Nein, man war ebenso stolz darauf, einen raffinierten Geschmack für Käse, Öl, Früchte entwickelt zu haben wie für Literatur, Kunst, Musik; anstrengend war noch kein Schimpfwort. Wer Gedichte schrieb und im Fluidum der Wörter schwamm, galt nicht als Spinner, Träumer, Taugenichts. Der Dichter galt als Figur des Fortschritts, entkommen der Schaffer-Zeit nach dem Krieg. Unmerklich ist diese Zeit verronnen. Und ich traure ihr nach. Diese Zeit begann in den Siebzigern, als ich zwanzig war und vom Dorf in die Großstadt zog.

Nun bin ich Mitte sechzig, zurück im Dorf und stelle fest: Das Landleben funktioniert wie früher häufig nach dem Motto „roh, rau, ruppig", ist aber auch eine Kur in Selbständigkeit. Wer in der Stadt für alles einen Spezialisten holt, ist auf dem Land weitgehend auf sich selbst gestellt. Es gibt keine Klempner für den tropfenden Wasserhahn, die Klempner haben nämlich mit der Heizungswende zu tun, die hier, nebenbei gesagt, als „Habecks Rache" bezeichnet wird. Nicht Putins Rache, nein. Das wäre zu weit gedacht. Wer in der Stadt seine Empfindsamkeit zu wunderbarer Blüte gebracht hatte, der erlebt auf dem Dorf sein blaues Wunder. Stolz erzählt einer, wie er Maulwürfen auflauert und sie köpft. Niemand kennt Blumen beim Namen. Obstbäume sind schon lange gefällt, weil der Aufsitzrasenmäher sonst nicht so gut durchkommt. Unkraut wird schon mal abgefackelt. Ich hasse stinkende, laute Geräte, wenn ich genauer nachdenke, eigentlich Maschinen überhaupt. Mike sagt, ich hätte ein schlechtes Maschinen-Karma. Und das sei auf dem Land ein Problem, womit er recht hat. Lieber Besen als Staubsauger, lieber Schneebesen als Mixer, lieber Drückkaffee als Espressomaschine: Empfindlichkeiten dieser Art gehören im urbanen Raum zum guten Ton, hier nicht. Und das hat – wie alles im Leben – zwei Seiten. Man merkt nämlich, dass Empfindlichkeiten im Ernstfall doch nur locker an der Persönlichkeit angebracht sind. Sie fallen leicht ab.

Ich besitze jetzt selbst stinkende, laute, gewalttätige Geräte für den Außenbereich und kann sie sogar meist anwenden. Als im Februar die Ladung Knickholz kam, hatte ich sie schon parat, meine erste Kettensäge, eine Untergruppe der Familie der Motorsägen, hab ich mir sagen lassen. Ich rief Ibo an: Das Holz ist da. Du kannst kommen. Und fing schon mal an zu sägen. Klaus machte weiter, Ibo kam und hackte. Ein Nachbar fuhr vorbei, auf seinem E-Bike, Camouflagejacke, Pferdeschwanz. Wir dauerten ihn, sagte er, indem er sagte: „So geht das doch nicht!" Mit Blick auf Klaus, den eine Krankheit ein wenig steif gemacht hat. Der Nachbar, ich glaube, auf seinem Haus am Ende der Straße steht groß der Name Verda, er wusste Bescheid: „Ihr braucht einen Spalter. Habt ihr einen Spalter?" Nein, wir hatten keinen Spalter. „Ich bring euch einen vorbei. Nägel mit Köpfen, Määänsch." Er brachte den Spalter, nein, Herr Verdas Nachbar brachte den Spalter auf einem Kleinsttraktor. „Siehst du, auf dem Dorf packen alle mit an, wenn's Not tut", sagte Herr Verda. Wir luden ihn auf einen Kaffee ins Wohnzimmer. Wikingertage veranstaltet er. „Müsst auch mal kommen." Nee, mit den Leuten hier hat er nix am Hut. Die bringen es fertig, einen einzuladen und dann den ganzen Abend keinen Ton mit einem zu reden. Das hat er sich ein einziges Mal angetan, nie wieder. „Nee, die Dithmarscher sind ein komisches Volk. Kalt sind die." Er sei Steinburger. „Die sind anders. Menschlicher." Herr Verda haspelte ein wenig zu schnell seine Sätze runter. Ich kam kaum nach. Maurer sei er gewesen. Bis zum Absturz. Von der Leiter. Schädelbruch. Jetzt in Rente. „Die Frau hat Brustkrebs. Liegt jetzt auf dem Sofa. So ist es halt." Dann raus mit uns: Ist schon fast acht, also dunkel.

Probe am Spalter. Wir spalten unter Anleitung vier Stammstücke. Ich zwei. Es wird endgültig finster. Wir schieben den Spalter zusammen mit Herrn Verda in die Garage. Und gehen ins Haus. Feierabend. Herr Verda radelt zu seiner Frau zurück. Eine halbe Stunde später klingelt's an der Tür. Herr Verda wieder. Der Spalter gehöre seinem Schwager. Der wolle den morgen früh benutzen. Leider, leider muss er wieder mit. „Wie", fragt Herr Verda, „ihr habt ja das Holz noch gar nicht gespalten." „Hä? Wie denn? Es ist zappenduster." Wir sind perplex. Anderntags sägt Klaus, Ibo hackt und ich räume die Scheite an die Wand. Der Wikinger fährt wieder auf dem E-Bike vorbei. Er grüßt knapp. Keine Ahnung, was passiert ist. Ich nehme an, dass seine Frau ihn zurückgepfiffen hat: Du hast ja wohl'n Hirnschaden. Wir kennen die Leute doch gar nicht. Nachher machen die den Spalter kaputt und wollen nicht zahlen. Ibo und Klaus finden Hacken sowieso besser. Ich putze das ölige Sägemehl sorgfältig mit einem Pinsel aus der Motorsäge.

Angelika Rölke

Drachenfutter

Julian liebte die Kuschel-Lese-Ecke unter seinem Hochbett. Er hatte die letzte Seite seines Saurier-Buches aufgeschlagen, auf der Drachen abgebildet waren. Aber er blickte schon längere Zeit nachdenklich auf seinen kleinen grünen Plüschdrachen. „Hilf mir doch mal, Draki!", bat er leise, aber Draki schwieg und lag weiter friedlich zwischen dem großen Stoffhund Bello – Julians Liebling, ohne ihn ging gar nichts – , dem Bären Pu, der Schlafe-Katze Rosa und dem Schlappohrhasen. Sie alle zusammen würden morgen, am Montag, für drei Tage seine Großeltern besuchen. Julian freute sich auf Opas Werkstatt. Einmal hatte Opa dort mit ihm einen Papierdrachen gebaut, einmal ein Holzauto, und im Garten wuchs ihr Weidentipi und drumherum stand ein Palisadenzaun. Er hatte die Pfähle gehalten, Opa hatte sie eingerammt. Die Oma kochte immer Essen, das man auf jeden Fall aufessen musste. Opa war lieb.

„Bello, verstehst du das?" Er griff nach dem Hund, und der guckte ihm jetzt voller Verständnis in die Augen. „Ein Drache, Bello, das kann doch nicht sein!" Aber Julian hatte genau gehört, wie sein Papa vorhin die Mama gefragt hatte, ob sie an das Drachenfutter gedacht hätte. „Ja, liegt beim Rucksack," hatte sie geantwortet. Er war aufgesprungen und hatte nachgeschaut. Im Rucksack waren die Sachen verstaut, die er morgen mitnehmen wollte, die Eltern würden ihn hinbringen, aber daneben lag nur eine Schachtel mit Pralinen, kein Drachenfutter. Sofort war er zu seiner Mutter gelaufen. „Mama? Haben Oma und Opa einen lebendigen Drachen?" Die Mutter hatte zuerst etwas verständnislos geguckt, dann ganz erschrocken, dann hatte sie sich verschluckt, hatte „Um Gottes Willen!" gerufen und sich nach Papa umgeschaut. Sein Vater hatte „Natürlich nicht!" gesagt, und das klang sehr streng, und er hatte ihn so böse angesehen, dass Julian nichts weiter fragen mochte. Stattdessen hatte er eine Kuscheltierkonferenz einberufen. Und nun war er fest überzeugt, dass er einem Geheimnis auf der Spur war. Wozu brauchte man Drachenfutter? Zum Drachen füttern, was sonst! Warum fand er es nicht? Weil es versteckt war, na klar! Und warum? Weil es ein Geheimnis war, Wahnsinn! Ein Drache, das war spannend! Ob sie ihn überraschen wollten? Na, er würde aufpassen! Ob sich kleine Drachen mit Katzenfutter locken ließen? Er würde etwas mitnehmen, für alle Fälle. Ihr Kater Tito kam immer schon angelaufen, wenn jemand nur die Schachtel ein wenig schüttelte. Bello hatte nichts dagegen, einen besseren Vorschlag wusste er auch nicht.

Am Dienstag Abend hatte Julian wieder seine Tiere um sich versammelt. Gestern waren sie bei den

Großeltern angekommen, er hatte seinen Rucksack in das Zimmer gebracht, in dem früher sein Vater gewohnt hatte, und die Tiere auf das Bett gelegt, das auch noch von ihm dort stand. Die Oma hatte gesagt, dass Pralinen schlecht für die Zähne sind, der Opa hatte ihn in die Arme genommen, in die Luft geworfen und gestöhnt, dass er das bald nicht mehr schaffen würde. Dann hatte es Abendbrot gegeben, die Eltern hatten sich verabschiedet, aber zwischendurch hatte Julian es geschafft, drei Katzenfutterbröckchen unter das Küchensofa zu schieben. Danach waren sie alle schlafen gegangen. Aber heute Morgen war kein Krümelchen mehr vom Futter unterm Sofa zu sehen gewesen!

Tatsächlich! Er hatte es doch gewusst! Wo wohnten Drachen tagsüber? Er nahm Bello in den einen Arm und Draki in den anderen. Gab es nur grüne Drachen? Wie groß wurden sie? Konnte man sie zähmen? Mit ihnen fliegen? Julians Herz pochte immer aufgeregter. Warum verriet Draki ihm nichts? „Wisst ihr denn gar nichts?", drängte er. Die Katze schlief noch, Pu lag auf dem Bauch und der Hase ließ die Ohren hängen. „Also, Bello, pass auf! Heute Nacht schleichen wir in die Küche und erwischen ihn! Und du kommst auch mit!" Sie waren einverstanden. Er packte Draki noch fester und wartete.

Langsam dämmerte es. Vielleicht hatte er doch ein bisschen geschlafen, dann endlich war im Haus alles

still und dunkel. Der Mond sorgte für ein nächtliches Schummerlicht, Julian fröstelte und schob die Gardinen etwas zur Seite. Draußen standen schwarze Nachtbäume vorm Himmel, er fand sie ein bisschen unheimlich. Schnell los! Die Tür knarrte. „Psst!" mahnte er, weil Bello mit den Beinen gegen den Rahmen stieß. Jetzt leuchtete der Mond auch auf die Treppe. „Ihr müsst keine Angst haben!", flüsterte er und schlich in die Küche.
Julian zog drei Kissen vom Küchensofa unter den Tisch, zwei für sich und eins für Bello, Draki stellte er als Wache vor das Sofa. „Nicht aufessen!", mahnte er und legte drei neue Futterstückchen neben ihn. Jetzt brauchte er Geduld. Zuerst erzählte er Bello, wie er heute mit Opa Papierflieger gefaltet hatte. Bello hatte ja zugeguckt, aber er machte nie mit. Opa wusste leider nicht, wie man Drachen aus Papier falten konnte, die auch fliegen sollten. Schade. Sie hörten draußen ein Geräusch. „Bestimmt ein Vogel!", sagte Julian. „Hast du Angst, Bello?" Nein, bestimmt nicht. Drachensucher haben keine Angst, auch nicht, wenn es im Haus knackt und im Schornstein so gruselig ächzt. Aber dann hörte Julian Schritte, ganz deutlich. Er rückte näher ans Sofa und drückte Bello an sich. Und dann kam Opa in die Küche. Von Julian war nichts zu hören, von Bello und Draki zum Glück auch nicht.
Opa schenkte sich etwas zu trinken ein. Dann nahm

er eine Praline aus Omas Schachtel. Noch eine. Danach machte er Licht an, besah sich die Bilder auf dem Pappdeckel und setzte sich. Sein Fuß stieß an ein Kissen. „Was macht das denn da unten?", murmelte er und bückte sich. „Junge, und was machst du denn da unterm Küchentisch?" Julian war den Tränen nahe, jetzt war der Drache sicher verscheucht. Da nahm Opa ihn auf den Schoß, und Julian erzählte ihm alles, von Mamas Drachenfutter, dem Katzenfutter-Trick und seiner Suche. Sein Opa schien ganz fröhlich zu werden – er unterdrückte mühsam ein lautes Lachen, die Oma schlief ja noch. Julian verstummte. „Ach, Kind," seufzte Opa, „der Drache ist ein ganz großes Geheimnis, und erzähl es bloß nicht der Oma!" Einen Augenblick dachte Opa nach, dann fuhr er fort: „Als unser Drache Draki und dich gesehen hat, wollte er auch einen so guten Freund haben." „Er hatte doch dich!" „Hmmm. Ich glaube, ich habe vergessen, ihm einen Namen zu geben! Ich hab gestern Nacht das Fenster aufgelassen, er ist sicher fortgeflogen." „Hast du ihn gesehen?" „Nein, er hat sich immer versteckt. Aber er sieht bestimmt so aus wie Draki." „Schade!", sagte Julian. „Ja", meinte Opa, „das Geheimnis ist fortgeflogen. Aber es soll trotzdem unser Geheimnis bleiben, und ich weiß, dass du nichts verrätst!" „Er hat das Futter bestimmt mit auf die Reise genommen!" „Bestimmt!" bekräftigte Opa und zwinkerte noch einmal so seltsam mit den Augen. Dann brachte er alle drei wieder ins Bett und versprach nachzugucken, ob es nicht doch eine Faltanleitung für Drachen gibt. „Schlaft alle gut!" „Du auch!" Der Mond schien immer noch ins Zimmer, jetzt kam sein Licht Julian ganz warm und freundlich vor, und er wünschte dem anderen Drachen eine gute Reise und einen lieben Freund.

Ich will alles …

Vor Sibille stand ihr großer Frühstückspott mit Milchkaffee, rechts und links daneben hielt sie in jeder Hand eine Hälfte des zerrissenen Zettels mit ihrem heißgeliebten Schlagertext. Heiß geliebt? Jedenfalls bis gestern Abend. Ein bisschen ratlos versuchte sie sich zu erinnern, was ihr daran plötzlich nicht mehr gepasst hatte.

Gestern war ein Klassentreffen gewesen. Nach zwanzig Jahren. Im Kopf zeichnete sie die Ereignisse noch einmal nach. Beim Schminken hatte sie ein altes Klassenfoto vor sich liegen gehabt und versucht, Gesichter und Namen korrekt zuzuordnen. Bevor sie losgegangen war, hatte sie die Hälfte der Schminke wieder abgewischt – für wen so aufdonnern? Lieber natürlich wirken, dezent auftragen. Ihr Spiegelbild hatte zurückgelächelt. Da hatte sie noch den verkürzten Refrain vor sich hin geträllert: „Ich will alles, ich will alles, und zwar sofort, und was mich kaputt macht, nehm' ich nicht mehr hin!" Das schien ihr die Quintessenz ihres freien, selbstbestimmten Lebens zu sein. Irgendwann hatte sie diesen Achtziger-Jahre-Schlager im Radio gehört und den Text sofort im Internet gesucht und ausgedruckt. Seitdem begleitete er an der Pinnwand all ihre Küchenaktivitäten und bestätigte: Jawohl, alles richtig gemacht, alles super!

Gestern Nachmittag hatten sie sich also wie verabredet vor ihrer ehemaligen Schule getroffen. Sie brauchte nur den alten Schulweg zu gehen, damals wie heute zehn Minuten zu Fuß. Ihr damaliger Mathelehrer Seidel – ausgerechnet! – hatte sie durch die Räume geführt. Er war noch kurz dabei, als sie sich danach um die reservierten Tische im Gasthof verteilten. Sie hatte ein Glas Wein getrunken – oder zwei? Und einen Aquavit. Henning hatte spendiert. Der hatte doch schon bei der Schulabschlussfeier eine Flasche Wodka dabeigehabt! Sie hatten in alten Schülerzeitungen geblättert, Klassensprecher Jens hatte sie gesammelt und aufbewahrt, drei große Stapel. Alle hatten gute Laune gehabt, jedenfalls kam es ihr so vor.

Sibille wusste nicht mehr so genau, wer wann gegangen war, zuerst alle Autofahrer, jedenfalls blieb sie mit Jörn und Hanna übrig. Beide hatten ein Hotelzimmer gebucht. Sie erinnerte sich, wie wohl sie sich mit ihnen gefühlt hatte, zwei Vertraute aus Schülertagen.

„Na, Sibille, auch keine Familie, die zu Hause auf dich wartet?" Das war wie ein Stichwort zu einem Theatermonolog gewesen. Sie hatte zwei geduldige und aufmerksame Zuhörer, denen sie ihre Geschichte anvertrauen konnte. Erst die Ausbildung zur Buchhändlerin. Dann die Ehe mit Falko. Doch, die zwei kannten ihn noch, ging drei Klassen über ihnen. So ein Sporttyp. Genau, Sport, Sport, Sport. Nach zehn Jahren hatte sie es satt. An jedem Wochenende ein Turnier, alles im Verein hatte Vorrang, abends war Training. Sie hatte dann die Tochter Ella am Hals. Zuerst das Stillen. Das Zubettbringen. Schreien, Füttern, Wickeln. Später Kleinkinderturnen. Sport? War unter seinem Niveau. Kita-Elternabende. Noch schlimmer: Bastelabende. Alles fürs und ums und mit dem Kind. Selbst beim Frauenfrühstück gab's nur dies eine Thema. Als sie rebelliert hatte, sie halte das nicht mehr aus, sie ginge jetzt wandern, allein, erkundigte er sich, ob sie jetzt sofort packen wolle, nur zu, und sie brauche dann auch eigentlich gar nicht wiederzukommen. „Er traute mir einfach nichts zu! Ich kam mir vor wie ein Möbelstück! Da fing ich an, mich auf eine Trennung vorzubereiten. Im Buchladen kriegte ich einen Job, meine Eltern hatten an ihrem Haus einen ausbaufähigen Anbau."

Jörn hatte noch nicht viel gesagt. Hanna hatte sie immer wieder kurz bestätigt: „Das versteh ich gut!" „Das hält niemand aus!" „So ein verbohrter Mann!" Und später sagte sie: „Ich bewundere dich, wie du das alles geschafft hast." „Eigene Wohnung, eigener Beruf, finde ich einfach großartig!" „Das würde ich mir nicht zutrauen. Alle Achtung. Respekt." Das Lob hatte sich gut angefühlt. Sibille suchte vergeblich nach einem falschen Ton. Hanna hatte alles bewundert, was sie sich selbst offenbar nicht zutraute. Dann irgendwann hatte sie gefragt: „Und eure Tochter?" Ja, das war ein wunder Punkt. Ella wohnte zuerst bei ihr. Dann blieb sie länger als nur ein Wochenende beim Papa, und bei der Einschulung hatte der bereits wieder geheiratet und Ella blieb dort. Die Stiefmama immer zu Hause, jeden Mittag ein Pudding, die Schule ganz nah. Erst nach und nach lernte Sibille die Vorzüge zu schätzen: Sie konnte ihre Zeit einteilen ganz wie sie wollte. Jörn hatte nachgehakt: „Für dich gibt es keinen neuen Mann?"

Sibille merkte jetzt noch, dass ihr dieser Satz wie eine Aufforderung erschienen war. Ein neuer Mann. Da saß er. Ihr gegenüber. Nicht der erste. Sie hatte erwidert: „Ich bin frei, richtig frei. Ich kann tun, was ich will. Nein, kein neuer Mann für länger." Und dann hatte Jörn begonnen: „Ich kann deine ganze Geschichte fast Wort für Wort nacherzählen, sie trifft haargenau auch auf mich zu. Na ja, ich bin kein Buchhändler und meine Frau Judith ist Chorleiterin – und Sängerin – und sie spielt Geige – und sie liebt Konzerte. Irgendwas ist immer. Unsere Tochter heißt Ulrike. Aber eine Scheidung? Das geht gar nicht. Ich gebe mir halt Mühe. Und für Ulrike tu ich alles." Hanna hatte nachgebohrt: „Und für deine Ulrike steckst du alles so weg? Ist das keine Heuchelei?" Sibille forschte in ihrem Gedächtnis,

was genau sein Argument gewesen war. Sie blieb immer an dem Wort „Heuchelei" hängen.
Schließlich hatten sie das letzte Glas geleert und sich auch erhoben. Sibille hatte an ihre leere Wohnung gedacht. Jörn war ihr nah, er hatte den Arm um sie gelegt. Da hatte sie ihm in die Augen geblickt. In der Erinnerung kam es ihr so vor, als habe er sie grob von sich gestoßen. Nein, kein Missverständnis. Er hatte sehr wohl verstanden. Sie war frei. Aber er? Sie wollte. „Und zwar sofort". Er nicht.
Sie schaute auf den zerrissenen Zettel. Es klingelte. Wen erwartete sie? Sie merkte, dass ihr Herz klopfte. Dann trat Hanna ein. „Ich will schnell noch mal ‚tschüs' sagen!" Sibille machte einen zweiten Milchkaffee. „Es war ein tolles Klassentreffen! Und ich bewundere dich wirklich! Eben bin ich noch kurz durch die wohlbekannten Straßen gelaufen und hab am Kiosk zufällig diese Postkarte gefunden, hier, für dich als Erinnerung, bitte!" Hanna war schnell wieder weg, die Autofahrt würde Stunden dauern.
Auf der Karte stand: „Freiheit bedeutet, dass man nicht unbedingt alles so machen muss wie andere Menschen. Astrid Lindgren."
Sibille drehte sie in der Hand. Ob Hanna wusste, dass die Schwedin – höchstwahrscheinlich – einen verheirateten Geliebten und ihre Tochter Karin mit ihm hatte? Sie setzte sich wieder vor ihren kalten

Milchkaffee, dann wusste sie plötzlich, was Jörn gesagt hatte: „Weißt du, Ulrike ist mir im Augenblick wichtig, das Wichtigste, ich selbst bin nicht der Mittelpunkt der Welt!"
Sie würde den Schlagertext trotzdem noch einmal ausdrucken, die Postkarte könnte sie daneben pinnen. Oder Jörn schicken – mal sehen.

Der Ohrensessel

„Alles wiederholt sich!", dachte Pauline und ergänzte sofort: „Aber nie ist es dasselbe!" Lagen wirklich schon fünfzig Jahre dazwischen?

Als damals ihr Großvater zum „betreuten Wohnen" wechselte, wollten weder ihr Vater noch eins seiner Geschwister den wuchtigen Ohrensessel haben. Wuchtig, genau das war er: einfach eine Wucht! Und so kam er zu ihr in die Studentenbude, viel mehr passte dann auch nicht mehr hinein. Eine Kusine meinte, sie nähme dann später lieber Opas Meissener Tassen, und ihr Bruder beschloss, dass er stattdessen die goldene Taschenuhr erben würde.

Pauline liebte diesen Sessel. Wie oft hatte ihr Opa sie darin auf den Schoß genommen! Immer nach seinem Mittagsschlaf gab es erst Tee oder Saft und danach – so um kurz nach drei Uhr – eine Vorlesestunde. Oder sie erzählten sich etwas. Als es zu eng wurde, setzte sie sich davor auf den Fußhocker. Pauline konnte sich nicht erinnern, wann dieses Nachmittagsritual vorbei gewesen war. Sie stellte sich vor, dass der Sessel alle Geschichten mitgehört hatte, wozu waren sonst seine Ohren da, und sie war ganz sicher, dass jedes einzelne Wort noch in ihm steckte. Solange der Sessel im Raum gewesen war, war auch ihr Opa irgendwo in der Nähe. Sie wusste, dass ihr auf diesem Platz nichts passieren konnte. Er hatte immer zwei offene Ohren für sie gehabt.

Doch jetzt war sie es, die in eine kleinere Wohnung umziehen musste. Der Sessel konnte nicht mit. Oft hatte sie in den letzten Tagen seine beiden lederbezogenen Ohren betrachtet und ihn leise gefragt, ob er sich vorstellen könnte, nun mit ihrem Enkelsohn Tobias zusammen zu wohnen. „Tobias ist sehr geschickt. Er wird deine kaputten Nähte reparieren. Du wirst wie neu aussehen und ich komm euch dann besuchen!" Es hatte keinen Sinn zu weinen, Tobias war wirklich ein lieber Kerl.

Vorgestern hatte er den Sessel geholt. Bei einer Tasse Tee hatte sie ihm noch einmal erzählt, wie sie ihn damals bekommen hatte und dass weder die Taschenuhr noch das Porzellan aufzufinden gewesen waren, als Opa starb.

Bevor Pauline anfangen konnte, das Schicksal des Ohrensessels ein weiteres Mal zu überdenken, klingelte es. Sie seufzte. Es war Tobias. „Oma, du wirst es nicht glauben!" Seine Augen leuchteten. Er hatte kaum Zeit, hereinzukommen oder die Jacke auszuziehen. „Guck mal, was drin im Sessel lag, als ich die Rückwand abmontiert hatte!" Er drückte ihr eine Taschenuhr in die Hand. „Hab's eilig, aber die musste ich dir unbedingt sofort bringen!" Er nahm sie kurz in den Arm und war wieder weg.

Pauline musste sich setzen. „Mein Gott, Opa", flüs-

terte sie, „wie leicht hätte deine Uhr für immer verloren sein können." Diese Uhr würde mit ihr umziehen. Sie würde den Sessel ersetzen, Opa blieb bei
ihr. Sie schaute sie an. Die Zeiger standen auf Vier-
tel nach drei. Das war ihre gemeinsame Zeit! War
das Absicht? Bestimmt, Opa gab ihr ein Zeichen.
Ihren Bruder ging das nichts an. Wer wohl die
schönen Teetassen bekommen hatte? Pauline entschied, dass das Feuchte in ihren Augen Freudenträ-
nen waren.

Sönke Rölke

Vermisst

Der Bass dröhnte, als Jan mit seinem neuen Auto auf den Parkplatz fuhr. In einem gekonnten Bogen steuerte er zu dem Platz direkt neben dem Eingang. Er stieg aus und betrachtete das unscheinbare, lange Gebäude. Hier sollte Sabine jetzt wohnen? Er klingelte.

Eine Frau in blauer Bluse öffnete ihm. „Guten Tag, ich bin Lisbeth. Sind Sie Jan Förster?" Er nickte. „Schön, dass Sie Sabine besuchen. Kommen Sie mit, ich bringe Sie zu ihrem Zimmer." Drinnen war es hell und freundlich eingerichtet. Jan hängte seine Jacke an die Garderobe. Er fühlte sich nicht wohl. Lisbeth ging vor ihm und erzählte, wie wichtig seine Besuche für Sabine seien und dass er nicht aufgeben solle. Jan hörte nicht richtig hin, der Arzt im Krankenhaus hatte ihm schon dasselbe gesagt, kurz nach dem Unfall. Sein Leben lang würde er sich erinnern, wie Sabine auf ihrem Motorrad über die Deichkuppe geflogen kam. Er selbst war als Erster geflogen, aber anders als sie hatte er die Kurve gekriegt und war nicht auf dem Asphalt bis in den Graben geschlittert. Danach hatte er sein Motorrad verschrottet und hielt sich seitdem penibel an sämtliche Verkehrsregeln, aber Sabine half das alles natürlich gar nichts mehr.

Jan beobachtete zwei Männer auf dem Gang. Einer machte ein paar mühsame Schritte, und der andere lobte ihn überschwänglich dafür. Am liebsten hätte er geschrien. Oder wäre einfach weggegangen, aber Lisbeth rief ihn: „Wir sind da." Gemeinsam betraten sie das Zimmer. In einem Bett mit Blick zum Fenster lag Sabine. Sie hatte ihre Augen geöffnet, und als Jan ihre Hand nahm, glomm ein Funke Erkennen in ihnen auf. Zumindest sah er das so. Er setzte sich in den bereitstehenden Stuhl zu ihr ans Bett. Lisbeth stellte ihm eine Tasse Kaffee hin und verabschiedete sich. „Wenn etwas ist oder Sie mich brauchen, einfach rufen. Ich bleibe in der Nähe." Jan begann, Sabine von seinem Tag zu erzählen, was er gesehen und erlebt hatte. Und er erfand eine schöne Zukunft für sie beide, wenn sie erst wieder gesund wäre. Lächelte sie? Er zeigte ihr den Prospekt mit den Häusern, die er mitgenommen hatte, und füllte sie mit ihrem zukünftigen Leben. Dabei fiel sein Blick auf eine Anzeige, und er verstummte. Das Bild einer Honda. Sabines Motorrad. Jan schwieg und schaute aus dem Fenster. Dort ging gerade eine Frau spazieren und bemerkte seinen Blick. Sie winkte ihm, dann reckte sie ihre Hand in die Luft und streckte Zeige- und Mittelfinger aus. V oder Victory. Oder einfach ein Gruß, genau wie Sabine ihn immer gemacht hatte. Auch damals.
Sein Kopf sank auf die Bettdecke. Es war einfach zu

viel. „Ich vermisse dich,“ schluchzte er, „ich vermisse dich so sehr!“ Doch Sabine hatte ihre Augen bereits wieder geschlossen.

Alice

Paul liebte den Laden. Es gab nicht mehr viele wie diesen, wo man sich gemütlich in einen Sessel setzen und Musik anhören konnte, bevor man sie kaufte. Er hätte dem Besitzer gerne mehr Kunden gegönnt, aber momentan war er mal wieder der einzige. Beim Durchstöbern der CDs hatte er ein Album von Alice Cooper entdeckt. „School's Out!" hatte das Ende seiner Schulzeit begleitet, und die morbiden Shows hatten ihn fasziniert. In Erinnerungen schwelgend steckte er die Scheibe mit dem bezeichnenden Titel „Trash" in den CD-Spieler und schloss die Augen. Erst „Poison", ein Klassiker. Danach „Spark in the Dark", tatsächlich tanzten Lichtblitze vor seinem inneren Auge. Dann „House of Fire" in einer ihm unbekannten Version, mit etwas wie einer Sirene im Hintergrund. Moment, war das nicht Brandgeruch? Paul öffnete die Augen. „Ach du heilige Scheiße!", entfuhr es ihm. Das Regal mit den Schallplatten stand in Flammen, und die schmelzenden Scheiben entwickelten einen dichten schwarzen Rauch. Ehe Paul noch richtig begriff, was los war, füllte beißender Qualm den ganzen Raum und nahm ihm die Sicht. Rasch hielt er sich seine Jacke vor das Gesicht, um den schlimmsten Ruß abzuhalten. Dicht am Boden konnte er noch ein wenig sehen, also kroch er den Gang zurück.

Paul wusste, dass er hier so schnell wie möglich raus musste, sonst würde er bewusstlos verbrennen. Da vorne endete das CD-Regal, und er erinnerte sich, dass er nach links auf den Hauptgang musste, um zum Ausgang zu kommen. Aber war da nicht noch ein kleiner Stichgang gewesen, um an die andere Seite des Regals zu gelangen, der aber sonst nirgends hinführte? Oder war das woanders? Paul spürte Panik in sich aufsteigen. Wie verflucht groß so ein kleiner Laden werden konnte, wenn man kaum noch etwas sah. Da tauchte vor ihm ein weißes Kaninchen auf, das mit einer Pfote eine schrillende Taschenuhr hielt und ihn mit der anderen näher winkte. „Why trust you", fragten ihn die Kopfhörer, die immer noch spielten, aber Paul kroch trotzdem auf das Kaninchen zu, das sich dabei in einen weißen Pfeil verwandelte. „Sauerstoffmangel," dachte Paul, „ich habe schon Halluzinationen." Unbeirrt folgte er auch dem nächsten Kaninchenpfeil und dankte still dem Besitzer, der den Fluchtweg auch am Boden markiert hatte. Zu seiner Überraschung verwandelte sich das nächste Kaninchen nicht in einen Pfeil, sondern sprang durch eine kleine Luke. Wohl oder übel folgte Paul, er sah keine andere Möglichkeit. Dahinter begann eine steile Rutsche, auf der er abwärts schlitterte. Sie entließ ihn in die frische Nachtluft, die Paul begierig aufsog. Dann bemerkte er, dass er sich im freien Fall befand. Die Kopfhörer hatten sich anscheinend entschlossen, dass es an der Zeit für ein anderes Album von Alice Cooper war, und begrüßten ihn freundlich mit „Welcome to my Nightmare“. Bevor Paul sich noch darüber wundern konnte, versank er im See hinter dem Haus. „Insgesamt gesehen nicht der schlechteste Rettungsweg“ dachte er sich, als er wieder auftauchte und den erschreckt davonflatternden Enten nachsah. Beunruhigt stellte er fest, dass die Kopfhörer inzwischen das nächste Stück „Devil's Food“ spielten. Und richtig, schon spürte er einen Tentakel, der sein linkes Bein packte und ihn nach unten zog. Mit aller Kraft kämpfte Paul sich bis zum Ufer. Als er sich an Land zog, hing an seinem Bein das weiße Kaninchen. Es schüttelte sich, winkte ihm zu und hoppelte fort. Neben seinem Fuß entdeckte Paul die Taschenuhr, die das Kaninchen anscheinend verloren hatte. Er untersuchte sie und bemerkte, dass sie nur einen Zeiger hatte und statt Ziffern lauter Albumtitel. An der Rückseite befand sich die Aufschrift: „Alice in der Unterwelt“ sowie ein Rädchen zum Drehen des Zeigers. Kurz überlegte Paul, einfach die Kopfhörer abzunehmen. Stattdessen stellte er den Uhrzeiger auf den Titel, der ihm am passendsten erschien: „Paranormal“.

Wasserwelten

*Inspiriert von dem Bild „Wasserwelten" von
Heidegrit Gröning*

Zu Anfang hatte Tim sich gefreut. Sie fuhren nach
Schweden! Dem Land der Wikinger, der Eisfischer,
der nomadisch lebenden Samen. Früher hatten ihm
seine Eltern von Bullerbü vorgelesen, und nun würde er selbst dieses Land erkunden, in dem es Elche
gab und Nordlicht und ewiges Eis, in dem man Ski-
fahren konnte und Angeln und Segeln. Und was
machte er nun? Er saß auf einem blöden Flusskahn
herum und schaute nur vom Rand auf die tolle Gegend, wo all das möglich war. Vor sich auf seinem
kleinen Tisch hatte er die lange Karte des Kanals,
den das Schiff entlangtuckern würde. Sein Finger
folgte dem Wasserlauf von Süd nach Nord, wie es
sich gehörte. Pah! Nichts war, wie es sich gehörte!
Er wollte nicht, dass es sich so gehörte! Ärgerlich
zerriss Tim die Karte in sechs Teile. Zurück auf Anfang.

Tim stürmt die Treppe hinauf. Nach dem Haus auf
der Anhöhe wird sie steiler, aber das stört ihn nicht.
Er wird sogar noch schneller, bis er das Gipfelhaus
erreicht. Dort schnallt er sich Ski unter und bricht
in die schneebedeckten Berge auf, immer bergauf
und bergab. Blickt ihn nicht ein Auge an? Ach nein,

es ist nur ein weiterer Gipfel. Mit einem weiten Sprung fliegt er über einen Flusslauf hinweg, von einer Kuppe zur nächsten, unter ihm zwei Dampfer. Wohin nun? Da ist ein Wegweiser voraus, er zeigt in alle Richtungen und vor allem im Kreis, also zurück auf Anfang.

Die Treppe zum Haus auf der Anhöhe ist lang und beschwerlich, doch Tim kämpft sich hinauf. Die Fahnen am Mast daneben flattern in alle Richtungen, der Wind weht wohl auch im Kreis. Ab durch die Mitte, denkt sich Tim und klettert den schwankenden Fahnenmast empor, durch den dunklen Himmel bis zur Bergspitze. Erstaunt stellt er fest, dass die Berge von großen Gewindestangen gestützt werden, um nicht zu kippen. Oben angekommen, entdeckt er einen zwischen den Bergen versteckt liegenden Hafen. Er besteigt ein Segelschiff und fährt zurück auf Anfang.

Die Treppe versteckt sich in einem Graben, und überhaupt befindet sich Tim ja auf einem Segelschiff. Er legt bei dem Haus an, ach nein, gleich in einem ganzen Dorf. Er muss zugeben, dass er inzwischen doch etwas erschöpft ist, und nimmt diesmal lieber den Zug. Rhythmisch schwingend bringt dieser ihn bis zu einem großen Hafen. Hier ist eine ganze Flotte versammelt. Tim verlässt den Zug, der ohnehin bereits dem Wegweiser zu nahe kommt und sich von ihm verwirren lässt, und betritt das größte Schiff. Zurück auf Anfang.

Es ist ein Dampfer. Die See ist rau und hat die Treppe überspült, Bruchstücke schwimmen im Wasser. Das Schiff schlingert und stampft, nach dem Haus am Fluss wird es ruhiger. So kommt Tim bis zum schwarzen Turm. Voraus sieht er die zwei Wachtürme, strahlend in unnatürlichem Licht. Dazwischen die alte Hauptstadt. Bevor ein Auge ihn entdecken kann, flieht er zurück auf Anfang.

Völlig erschöpft lässt Tim sich einfach treiben. Eine Weile schaukelt er sanft auf und ab, doch dann gerät er in einen großen Strudel. Er wirbelt im Kreis herum und sieht, wie Schiffe in kleine Stücke zerschlagen werden. Doch Tim hat Glück und wird gemeinsam mit den Wrackteilen ausgespien nicht auf Anfang, sondern zu zwei Augen, die vor Mitleid ganz schwarz sind. Er ist nicht entkommen. Er fließt ab, durch den zentralen, grauen Gulli, tief unter den Türmen.

Die Eltern sammelten die verstreuten Farbstifte zusammen und staunten über die Flusslandschaft auf dem kleinen Tisch: Sechs sorgfältig zusammengeklebte Fragmente, bedeckt mit phantasievollen Zeichnungen. Vorsichtig, als könnte er zerbrechen, schoben die Eltern den Rollstuhl mit ihrem schla-

fenden Sohn von Bord. Die Karte mit seinen gerissenen Träumen und Sehnsüchten nahmen sie mit.
Zurück auf Anfang.

Christiane Schmidt

Der Brötchen-Automat

Aufbruch zum Segelurlaub am Limfjord. Das Auto ist randvoll mit Seesäcken, Schwimmwesten und Kühltaschen. Irgendwo hinter der dänischen Grenze fällt uns auf, dass der Proviant für unterwegs zu Hause geblieben ist. Wir halten am nächsten Supermarkt an, ich gehe hinein, um Brötchen und Salzbutter zu kaufen, dänische Kronen habe ich, Salzbutter gibt es, sogar mehrere Sorten, aber keine Brötchen. Die Verkäuferin hinter dem farbenfrohen Wurstangebot an der Fleischtheke zeigt auf einen Automaten am Ausgang. „Du musst an der Kasse ein Brötchen-Jeton kaufen." Um einige Kronen ärmer nähere ich mich dem blinkenden Ungetüm. Ein junger Mann erklärt mir, wie ich zuerst eine Tüte einhängen, wo ich den Jeton einwerfen und auf welchen Knopf ich zum Starten drücken soll. Das erste Brötchen fällt heraus, landet in der Tüte. Der junge Mann verschwindet durch eine Seitentür nach draußen, auch die Kassiererin sitzt nicht mehr an der Kasse, wahrscheinlich beginnt deren Mittagspause. Also stecke ich nun schnell noch den zweiten Jeton in den Automaten. Das zweite Brötchen fällt in die Tüte, der Startknopf blinkt rot, das dritte Brötchen fällt und immer schneller folgen das vierte, das fünfte, dann reißt die Tüte ab und ein Strom von Brötchen ergießt sich in den Einkaufswagen. Der Startknopf lässt sich nicht mehr bewegen, weitere Schalter gibt es nicht und gegen den Automaten zu schlagen stoppt ihn auch nicht. „Alle auf einmal, es kommen alle auf einmal raus!", rufe ich. Niemand ist mehr im Laden. Auch nicht an der Fleischtheke. Im Einkaufswagen türmen sich inzwischen die Brötchen. Ich nehme die kaputte Tüte mit den ersten, lege sie zur Butter in meine Tasche, schiebe den Einkaufwagen näher unter den Ausgabeschacht, aus dem es noch immer weiter Brötchen regnet, und gehe dann zurück zum Auto, wo mein Mann schon hungrig wartet. „Wieso hat es solange gedauert, zwei Brötchen zu kaufen?" fragt er . „Weil es fünf sind", sage ich.

Ostergespräch

Der Goldene aus der ersten Reihe klingelte ungeduldig mit seiner Glocke, um die Nachbarin auf sich aufmerksam zu machen, und fragte in arrogantem Tonfall: „Wie siehst du denn aus? Lila? Bist wohl eine Emanze?" Sie verneinte. „Alles Firmenphilosophie, lila Kuhdesign, kennst du das etwa nicht?" Er antwortete spöttisch: „Du bist doch keine Kuh, du siehst aus wie ein Hase mit einem Gesicht zwischen Eiskönigin und Grinsekatze." „Du Kaninchen", entgegnete sie ihm lachend, „ach, wie goldig, mit Ziegenglocke und Schleifchen." „Ihr", mischte sich nun ein Öko-Typ aus der zweiten Reihe ein, „seid doch alle von vorgestern! Alu, das geht gar nicht. Unverpackt, Fairtrade und KBT, das ist die Zukunft!" „K? B?T?", wiederholte die Lilane, „also korrekt, bitter und teuer?" Sie grinste ihn an. „Ostern musst du niedlich aussehen und richtig süß schmecken, du FKK-Heini." Goldie bimmelte applaudierend mit seinem Glöckchen. Der Nackte murmelte etwas von Rohrohrzucker und raschelte eingeschnappt mit seinem Cellophanpapier. Neben ihm meldete sich nun ein Kleiner zu Wort. „Ich", sagte er schüchtern, „bin recycelt." „Aus Autoreifen?", fragte Goldie. „Nein", protestierte der Kleine, „ich war ein Nikolaus. Ein Chocolatier hat mich umgeformt." „Ach", sagte die lila Schmunzelhäsin, „und dann hat dir jemand ein Ohr abgebissen oder warum hast du nur eins?" „Der ist ein Einohrhase", mischte sich Goldie ein, „sein Designer ist Til Schweiger Fan." „Nee", stotterte der Nikohase, „das war Künstlerpech, am Schluss war nur noch die Mütze übrig, und die hat für zwei nicht gereicht."

Speed-Dating

Das erste Mal habe ich sie als Foto gesehen, auf einem „Notfall!"-Aushang an der Ladentür: Mutter und Tochter, beide getigert, mit einem dunklen Streifen rund um den Hals, wie ein Collier aus Samt, schwarze Nasen, kleine gestreifte Gesichter mit großen, grün-braun gesprenkelten Augen, auf dem Rücken mehr Flecke die eine, mehr Streifen die andere. Sie würden – erfuhr ich bei meinem Anruf beim Tierschutzverein – auch einzeln vermittelt, aber am liebsten zusammen bleiben. Ihre derzeitige Gastfamilie musste in einigen Tagen ausziehen und konnte sie in die neue Wohnung nicht mitnehmen. Die Vermittlerin fragte nach meinen Erfahrungen mit Katzen, ich erzählte vom WG-Kater in meiner Studienzeit und von der zugelaufenen Katze in unserem Haus, die nach vielen gemeinsamen Jahren vor einigen Wochen gestorben war. Die Frau holte mich ab zu einer Kennenlern-Besichtigung der „Notfälle" und bemerkte unterwegs: „Falls Sie sich jetzt nicht spontan entscheiden können, sie aufzunehmen, würde es uns schon sehr helfen, wenn Sie die beiden eine kurze Zeit vorübergehend zuhause bei sich betreuen könnten, bis im Tierheim wieder freie Plätze sind."

Eine junge Frau öffnete und brachte uns ins Wohnzimmer. Da saßen sie, auf Umzugskartons, wie zwei

Königinnen. Ich hielt den beiden Schönen jeweils eine Hand hin. Die eine, die mit mehr Flecken, erhob sich, maunzte, rieb ihren Kopf an meiner Hand, schnurrte leise. Die andere, die Mutter, wie mir später erzählt wurde, übersah mich geflissentlich. Ich rief meinen Mann im Büro an, ob wir die beiden in unserem Haus notfallmäßig für ein paar Tage unterbringen könnten. Er merkte, dass der Versuch, es mir auszureden, sinnlos wäre, sagte aber noch: „Wirklich nur kurz! Dass zwei neue Tiere im Haus ganz einziehen – das geht auf gar keinen Fall."

Und als er abends nach Hause kam, saß ich auf dem Teppich, Minka, die gefleckte Tochter, neben mir, den Kopf auf meinem Knie, Maxi, die Mutter, in gebührendem Abstand, auf die Tür starrend. Und was dann geschah, leitete eine wundervolle Freundschaft ein. Maxi, die zurückhaltende, skeptische, reservierte Katzendame lief auf ihn zu, schmiegte sich an seine Beine, als ob sie sich seit Jahren so begrüßen würden. Maxi und Minka blieben – nicht nur kurz.

Nadezda Vomacka

Genug

Es wird Zeit. Marianne dreht den Kopf vom Fenster weg und ihr Blick streift zum letzten Mal die Stube, die Deckenbalken, den Bettüberwurf, den sie mit ihren Händen glättet. Dieses quietschende Bauernbettmonster. Die Reisetasche, mit dem Nötigsten fertiggepackt, wartet vor der Tür. Der Boden ist gewischt, Schrank und Schreibtisch sind leer. Die vier Kartons mit ihren Sachen sind an der Wand gestapelt. Ihr Bruder holt sie nächste Woche ab. Sie fährt mit Fingerkuppen über den Holzstuhl. Nick hatte ihn für sie vor Jahren geschnitzt.

Sie wird nicht mehr zurückkehren. Das Haus gehört jetzt ihm, dem Mann, den sie gelernt hat zu fürchten. Erst morgen darf er herkommen, entschied das Gericht.

Marianne bleibt vor dem Tor stehen. Sie stellt das Gepäck auf den Steinboden und atmet die Bergluft ein. Sie nimmt den Wiesenpfad nach unten. Es dauert eine Viertelstunde, und sie erreicht die Bushaltestelle, zehn Minuten vor der geplanten Abfahrt. Der Bus fährt einmal am Tag und er ist pünktlich. Der Busfahrer nickt ihr zu, schweigend. Sie grüßt mit einem Lächeln, legt eine Zweieuromünze auf die Kasse und setzt sich auf den freien Platz direkt hinter ihm.

Nach einer halben Stunde erreicht der Bus den Bahnhof. Die Oktoberluft ist trotz des Sonnenscheins frisch und Marianne fängt an zu frieren. Der Zug fährt erst in fünfzig Minuten und sie beschließt die Wärme beim Bäcker auf der anderen Straßenseite zu suchen. Eine Nussschnecke und ein Becher Kaffee sind eine Wohltat. Sie schlürft vorsichtig das dampfende Schwarz und wärmt sich die Finger an der heißen Tasse. Marianne lernt, sich wieder zu entspannen, die schlichten Alltagsfreuden zu genießen. Es war ein Alptraumjahr und es ist genug. Die blauen Flecken an ihrem Körper werden verblassen, die Gedanken werden sich aus dem Angstgefängnis befreien. Es ist vorbei. Der Laden ist leer und die Verkäuferin verschwindet in der Backstube. Marianne schaut durch die Schaufenster nach draußen, der Busfahrer raucht und spaziert um den Bus herum, hin und wieder wirft er einen Blick zu ihr in den Laden. Das ganze Dorf weiß Bescheid, auch er. Auch er hat geschwiegen, sie war die Zugezogene geblieben.

Er kommt. Nicht der Zug. Der braucht noch ein paar Minuten.

Nick mit Krepp, dem Schäferhund-Collie-Mischling. Der große Zottelhund möchte auf sie zulaufen, wedelt mit dem Schwanz. Nick zerrt brutal an der Eisenkette. Krepp jault kurz auf und legt sich auf den Boden. Ist es nicht zu Ende? Sein Hass füllt die leere Backstube, die Augen weiten sich, er nimmt die Jagdwaffe von der Schulter und zielt. Nicht auf sie. Auf den Hund.

Marianne spring hoch, gleichzeitig fliegt die Ladentür auf. Der Busfahrer ist mit zwei Schritten bei Nick und fasst seinen Arm von hinten.

„Es reicht, gib her!"

Nick dreht sich um, der Schuss zerschmettert die Deckenlampe, erst dann hält er ihm die Waffe hin.

Marianne zittert, nimmt die Tasche, die Knie sind wie aus Gummi, aber sie schafft es bis zum Bahnsteig. Der Zug hat keine Verspätung und sie steigt ein.

Frei

Auf der Bank am Deich liegt ein Buch. Celine sieht es von Weitem. Hatte es jemand eilig und es vergessen? Oder fertiggelesen und für den nächsten Leser dagelassen? Zum Glück hat es nicht geregnet, das Buch ist nur ein wenig vom Tau feucht. Seit vielen Jahren lässt Celine ihren Tag hier ausklingen. Es gab Zeiten, da saß sie zusammen mit Jakob kurz vor der Dämmerung auf der Bank und sie redeten über Alltägliches, über ihre Träume, folgten den Gedanken. Es war eine gute Zeit. Der Rotwein, den sie mitnahmen, leuchtete mit dem Sonnenuntergang um die Wette.

Sie nimmt das Buch in die Hand. Ein Schauder läuft ihr über den Rücken. Das ist doch!? Ja, das ist ihre letzte gemeinsame Lektüre, die sie sich abwechselnd vorgelesen hatten. Das Schlusskapitel blieb ungelesen. Jakob war dran. Celine setzt sich, lehnt sich an und lässt die Seiten zwischen den Fingern gleiten. Sie liest nicht, ihre Augen sind geschlossen, ein immer wiederkehrender Film läuft auf der Innenseite der Augenlider. Der Atem beruhigt sich und sie schaut auf das Wasser unten am Deich. Das Abendrot spiegelt sich darin und gibt keine Antwort. Seit einem Jahr nicht …

Celine bedeutete Jakob viel, jeden Tag mehr und das weckte seine alte Befürchtung. War er dabei, sich selbst nur durch ihre Augen zu sehen, sich zu verlieren? Sie verlangte nichts und trotzdem erfüllte er ihre Wünsche. Um jeden Preis?

Es war einer dieser Morgen, er beobachtete sie. Sie schlief auf dem Rücken, das Gesicht bemühte sich um nichts, die Lippen hielten nicht zusammen. Sie atmete regelmäßig, geräuschlos. Er wollte sie in den Armen halten, so sehr, dass es schmerzte. Panik trieb ihn aus dem gemeinsamen Bett. Er lief ins Wohnzimmer und öffnete die Terrassentür. Die kühle Luft war besser als Duschen im fensterlosen Bad. Celine wird es nicht verstehen wollen, wird Millionen Fragezeichen weinen. Er zwang sich, das Bild zu verdrängen und zog sich eilig an. Die Reisetasche wartete schon seit Tagen. Er füllte sie mit einigen Kleidungsstücken, obendrauf legte er ihr Lieblingsbuch. Das leise Drücken der Türklinke gelang nicht. Wie ein Geschoss rutschte ihm der Griff durch die Finger. Er erstarrte, lauschte einen Augenblick, ein letztes Zaudern. Das Motorrad stand in der Einfahrt bereit.

Es ist ein Jahr her. Er wartet hinter dem Deich. Sein Motorrad mit dem Helm lehnt am Gartenzaun. Wird sie ihm erlauben, das letzte Kapitel vorzulesen?

Und nun?

Sie ist klein. Sie ist ein Mädchen. Sie ist ein Lausbub und heißt Magdalena.

Sie beobachtet ihn, die Augen, zwei schmale Schlitze. Ihr Blick klebt an seinen Händen. Was er da hält, braucht sie. Jetzt und ohne jede Verzögerung. Bewährte Taktik: Mit der Schaufel zuschlagen und als erste anfangen zu weinen. Ihre Finger krallen sich um den gelben Schaufelbagger. Nicht loslassen. Ein Engelsgesicht aufsetzen und warten. Papa erscheint in der Tür, um den großen Bruder zur Rechenschaft zu ziehen. Schließlich geht er schon in den Kindergarten.
„Karl, lass ihr den Bagger, sie spielt jetzt damit. Welche Regel habt ihr im Kindergarten? Niemandem etwas ohne sein Einverständnis zu nehmen."
„Aber!" Der Vierjährige reißt die Augen auf. „Ich hab's zuerst ...". Er schluchzt und die Ungerechtigkeit lässt sein Kinn zittern. Dieses „Du bist der große Bruder" ist gemein. Das hält keiner aus.
Karl haut zu.
Der Vater springt dazwischen.
Magdalena ähnelt einer Kreissäge, Karl einem Presslufthammer.
Jetzt könnte der Nachbar seine Drums ohne Kopfhörer üben.

Es folgen dramatische Momente, die der erfahrene Vater mit einer Bravour meistert: Er schreit mit.

Die Mutter kommt nach Hause, prüft die Lage, holt zwei Brezeln aus dem Einkaufskorb und hört sich die Klagen an: Alle drei berichten gewandt und gleichzeitig.

„Gut. Karl, wie geht es am besten? Wenn du etwas möchtest, was Magdalena hat? Du gehst zu ihr und fragst erst einmal, ob du den Bagger leihen kannst und bietest als Tausch ein Spielzeug an, mit dem du spielst. So. Man muss doch nicht streiten und schon gar nicht schubsen oder schlagen."

Alle drei hören zu, die Brezeln nicht außer Sicht lassend. Es ist still.

Karl, jetzt der große Bruder, nimmt den roten Kran in die Hand und reicht ihn der grimmig dreinschauenden Magdalena.

„Würdest du mir den Schaufelbagger geben? Du kannst mit dem Kran spielen oder mit dem Feuerwehrauto." Karl ist großzügig. Charmant legt er den Kopf auf die Seite und lächelt gewinnend. Die Erwachsenen nicken wohlwollend ...

Magdalena schiebt ihre grellorangefarbene Spiegelglasbrille gekonnt von den Haaren auf die Nase.

„Nein!"

Mürrischinsel

Sie öffnet die Augen, blinzelt zwei-, dreimal, wirft die Bettdecke auf die Seite und schwingt die Füße auf den Holzboden. Ohne zu zögern, denn sie weiß, hinter dem geöffneten Fenster steht ein neuer Tag bereit. Sie reißt die Terrassentür auf, streckt die Hände hoch, geht in die Hocke und mit einem Armschwung springt sie in den Morgentau. Draußen zwitschern die Vögel um die Wette, sie stimmt in das Amsellied mit ein und hüpft von der Sprudellaune gekitzelt wieder ins Zimmer. Das Bad hat leider kein Fenster, aus dem Grund freut sich das Waschbecken über Lilys Anwesenheit nur kurz und der Badezimmerspiegel fühlt sich seit Jahren arg vernachlässigt. Die Farben, die sie anzieht, sind ihr hingegen wichtig. Rote Hosen und eine Strickjacke mit allem, was die Wollrestekiste gehütet hatte, zieht sie heute an. Sie steht manchmal unerwartet lange vor dem Schrank: „Wie soll ich heute aussehen?" Grün oder rot oder rosa oder grau? Sie mag Farben ohne Ausnahme, schwarz ist keineswegs übel. Lily schnappt sich den Einkaufskorb und los geht's. Die Haustür schließt sie nur selten ab. Sie überkreuzt die Füße ... der linke tritt vor den rechten, dann der rechte vor den linken und zick zack. Sie spielt einen Reißverschlussgang. Die Nachbarn schütteln schon lange nicht mehr den Kopf. Die hilfsbereite Lily hat sich ihre Freiheiten erlächelt. Sie ist kein Kind, keine junge Frau, nein. Sie wird bald siebzig und hat weiße Haare. Was holt sie heute vom Markt? Einen Fisch? Sie überlegt und spielt jetzt den Käpt'n Ahab. Ein Fuß steigt auf den Bürgersteig und ein Fuß hinkt gegen die Fahrbahn. Vor der Abzweigung zum Teich, an dem sie gerne zum Markt marschiert, steht ein Lastwagen. Zwei Männer in Blau klären irgendetwas. Unterhalten kann man es nicht nennen. Einer steigt in sein kleines Auto und mit quietschenden Reifen saust er davon. Der andere stiert mürrisch unter seiner Wollmütze die Welt an. Zum Rasieren hatte er seit einigen Tagen vermutlich keine Zeit. Lily lächelt ihn mutig von ihrer Sonneninsel aus an und ruft: „Einen wunderschönen guten Morgen!" Der Wutärgerkloß im Hals des Mannes versperrt einem Gruß den Weg nach draußen. Es ist nicht verkehrt. Was weiß man, was er rausgehauen hätte. Lily steuert die mürrische Insel an. Schließlich muss sie an ihr vorbei. Ein Blitz, zwei Blitze. Ein Donner: „Was wollen Sie?" „Sie haben einen so tollen blauen Anzug an", antwortet sie. Ihre eng beieinanderliegenden grünen Augen strahlen ihm freudevoll entgegen. „Darf ich vorbei? Ich bin auf dem Weg zum Markt und hole mir Heißewecken. Mögen Sie so etwas?" Lily beeilt sich. Wieder zurück streckt sie den Arm ganz lang aus, von ihrer Insel zu seiner. Der Mann schimpft in sein Telefon, zögert aber nicht und greift mit der freien Hand nach dem Gebäck. Das Nicken soll wohl ein „Danke" bedeuten. Lily wirft den Kopf in den Nacken, wie eine junge Frau, ihre Finger schieben die gelöste Haarsträhne zurück zu den übrigen Locken und sie schenkt dem Mann ein Regenbogenlächeln. Dann dreht sie sich um und schreitet die Straße weiter. Ja, sie kann schreiten. Nach einigen Flanierschritten wendet sie den Kopf und winkt dem lächelnden Mann zu. Lily ist ein Schelm und ein Inseleroberer.

Über die Autorinnen und Autoren

Ellen Balsewitsch-Oldach

Jahrgang 1955, geboren und aufgewachsen in Hamburg, lebt und arbeitet als freie Autorin und Journalistin sowie als Verlegerin in Meldorf an der Westküste Schleswig-Holsteins. Ihre Kurzgeschichten sind in Anthologien verschiedener Verlage, in Literaturzeitschriften sowie in einem Band mit eigenen Kurzkrimis erschienen. Sie ist Mitbegründerin und Moderatorin des norddeutschen Literatur- und Kulturnetzwerkes Textfabrique51 und Mitglied in weiteren Schriftstellervereinigungen.

www.textfabrique51.de

Dirk-Uwe Becker

geboren 1954 im rheinischen Mönchengladbach, lebt als Autor, bildender Künstler und Sammler in Dithmarschen an der Westküste Schleswig-Holsteins. Er hat sechs Lyrikbände veröffentlicht, schreibt Lyrik und Prosa und hat zahlreiche Beiträge in Literaturzeitschriften und Anthologien im In- und Ausland veröffentlicht. Er ist Mitbegründer des norddeutschen Literatur- und Kulturnetzwerkes Textfabrique51 und Mitglied in weiteren Schriftstellervereinigungen.

www.textfabrique51.de

Heidi Bols-Blum

ist gelernte Sekretärin, ausgebildete Sprecherin und Märchenerzählerin und hat in Deutschland als Office Managerin im Verlag und in den USA gearbeitet. Lesungen eigener Geschichten und Gedichte in Kulturbistros, Touristenzentren sowie bei Wohnzimmerlesungen. Sie ist im Leseclub der offenen Ganztagsschule/Meldorf tätig. Publiziert in verschiedenen Printmedien, u. a. in Literaturzeitschriften. Veröffentlichungen in mehreren Anthologien der Textfabrique51.

Kontakt: bols.blum@t-online.de

Ille Conze

Die gebürtige Hamburgerin lebte viele Jahre in Bonn und Berlin, arbeitete im Deutschen Bundestag und zog 2010 nach Eiderstedt. Hier genießt sie ihren Ruhestand, in dem sie gerne malt und auch Kurzgeschichten schreibt. Dies begann 2011 im Theodor-Storm-Haus in Husum. Seit zwei Jahren Jahr schreibt sie in der Textwerkstatt des Fördervereins für Kunst und Kultur Eiderstedt in Garding.
Und wenn es mal nicht regnet, genießt sie lange Spaziergänge am Nordseestrand.

Petra Jans

Geboren 1945 in der ehemaligen DDR, 1954 in die BRD geflüchtet, seit 1963 nach vielen Ortswechseln in Nordfriesland wohnhaft. Schreiben ist ihr Hobby.

Rainer Martens

– ein echter Eiderstedter Jung – hat mit 40 angefangen, Lieder zu schreiben, sie zu singen und auf der Gitarre zu begleiten. Nachdem er nach über zwanzig Jahren seine Kultkneipe Lütt Matten in Garding abgegeben hatte, begann er mit dem Schreiben von Kurzgeschichten und schloss sich der Eiderstedter Textwerkstatt an. 2023 und 2024 konnte er sich mit seinen Beiträgen beim plattdeutschen Schreibwettbewerb „Vertell doch mal" vom NDR, Radio Bremen und dem Ohnsorg-Theater als Preisträger eintragen.

Brigitte Neumann

geboren 1958 im hessischen Heldenbergen, seit 2020 in Buchholz mit Haus und Garten sesshaft. Buchholz wegen der Bücher, die beste Gesellschaft, die man haben kann – neben Klaus und Nickel, Erna und Wolfgang, Ibo, Kerstin, Doro, Ortrud und Zafer, Roman und Gretchen. Seit 35 Jahren Autorin fürs Radio und einige Zeitschriften sowie LitClub-Betreiberin in Hamburg und Buchholz.

Angelika Rölke

lebt seit 1995 mit ihrem Mann auf der Eiderstedter Nickelswarf. Sie war Grundschullehrerin und jahrelang mit Begeisterung Mutter und Hausfrau. Nach ihrem Umzug nach Eiderstedt hat sie eine Lehre als Handweberin absolviert und mit der Gesellenprüfung abgeschlossen. Seitdem ist sie als Kunstweberin in ihrer SpinnWebKate tätig. Über die FKE-Literatur-Lesekreise, die „Wortgetreuen" und die Textfabrique51 kam sie dazu, die Texte, die sie im Lauf des Lebens verfasst hatte, ans Tageslicht zu holen, und schreibt nun regelmäßig mit der Textwerkstatt Eiderstedt …

Sönke Rölke

geboren 1981, ist 1995 gemeinsam mit seinen Eltern nach Eiderstedt gezogen und dort zur Schule gegangen. Darauf folgte die Ausbildung in Hamburg, später in Kiel. Inzwischen wohnt er in Tönning und arbeitet als Erzieher in einer stationären Wohneinrichtung in Garding. Über seine Mutter kam er zur Textwerkstatt Eiderstedt.

Dr. Christiane Schmidt

Nach lehr- und forschungsreichen Jahren als wissenschaftliche Mitarbeiterin an den Universitäten Hannover und Hildesheim (Psychologie und Soziologie) sowie als Lehrbeauftragte an der Universität Innsbruck (Erziehungswissenschaften), forscht und schreibt sie im Ruhestand als freie Autorin. Sie lebt seit 2007 auf Eiderstedt und leitet einen der FKE-Literatur-Lesekreise.

Nadezda Vomacka

lebte fünfundzwanzig Jahre in Prag, fünfunddreißig Jahre in München und seit 2017 ist sie glücklich an der Nordsee, die sie 2013 entdeckte. Die kleine Stadt Garding ist mit dem Segen ihrer zwei erwachsenen Kinder zu ihrer dritten Heimat geworden. Die Kollegen in der Bank, bei der sie über zwanzig Jahre in der IT arbeitete, gaben auf. Die Freude am Programmieren tauschte sie gegen die Begeisterung und Liebe fürs Schreiben, Lernen und dafür, am Deich spazieren zu gehen.